游戏的终结

Final del juego

〔阿根廷〕胡里奥·科塔萨尔 著
莫娅妮 译

南海出版公司

新经典文化股份有限公司
www.readinglife.com
出　品

目 录

Contents

— I —

— II —

— III —

I

公园续幕

他几天前便开始看那本小说了，后来因为生意上有急事，就暂时搁下了。乘火车回庄园时，他又打开了那本书，不禁被小说情节、人物形象慢慢吸引住。那天下午，在他写信给他的代表律师，和管家谈了谈有关佃户分成的事项后，他便在书房中又读起了那本书。书房一片静谧，面朝着栎树公园。他惬意地躺靠在最喜欢的扶手椅上，背对着门，因为门意味着闯入与侵扰的可能，会让他觉得不痛快。他读起了最后几章，左手不自觉地一次次抚过铺有绿色天鹅绒的扶手。他还牢牢地记得主人公们的姓名和形象，小说的情境几乎立刻就征服了他。一行又一行，他享受着这种几近变态的快感，渐渐抽离于周遭的一切，却又同时感到自己的头正舒服地靠在高靠背的绿色天鹅绒上，感到香烟仍然触手可及，感到落地窗外晚风正在栎树间轻舞。一字接一字，他沉浸于主人公所处的龌龊两难之中，被那些逐渐眉眼鲜活、栩栩如生的形象所吸引；他仿佛亲眼看见了山上茅屋中的最终会面。首先，女人走进来，满面惊惶；然后，情夫到来，脸被树枝刮伤。她试图用亲吻魔法般地止住流血，但他却拒绝这般爱抚，他这次来可不是为了躲在枯叶和密径的庇护中重现那场隐秘激情的仪式。抵在胸前的匕首炽热，其下悸动着的是潜藏的自由。热烈的言语在书页间如毒蛇般疾速地穿行交错，一切都仿佛早已注定。就连牵绕着情夫身体的万种缠绵，似乎想挽留他、劝阻他的千般爱抚，都可恨地勾勒出那另一个必须毁灭的人的轮廓。一切尽在盘算之中：不在场证明、意外的险情、可能的错误。从那一刻开始，每一秒都有精确的用场。两人无情地进行着最后的查对，只偶尔停下来轻抚彼此的脸颊。天开始黑了。

两人各有未竟的任务缠身，于是不再两两相望，在茅屋门口分开了。她应走向通往北方的小径，他在反方向的小路上回头看了一眼，看见她长发飞扬，奔驰跑远。然后，他也在树丛和篱笆的掩隐下跑了起来，直到在迷蒙的绛色晚霞中看见通向大屋的树林荫道。狗不应该吠叫。确实没叫。管家这时候应该不在。确实不在。他走上门廊的三级台阶，进了屋。血流在耳边奔腾，女人的话萦回其中，向他传来：进门是一间蓝色前厅、一条走廊、一道铺着地毯的楼梯。上了楼梯，有两扇门，第一个房间里没有人，第二个房间里也一样。接着，是书房的门，是他手握着的匕首，是落地窗外的光线，是绿色天鹅绒扶手椅的高靠背，是扶手椅上那正读着小说的男人的头颅。

怪不得别人

冷天总是特别麻烦，在夏天，世界触手可及，人也亲密直接，但是现在，六点半了，他老婆在一家店里等着他去挑选一份结婚礼物，时间已晚，他发现天凉了下来，应该穿上那件蓝色的套头衫，或者随便什么能跟灰色外套搭配的衣服，秋天就是将套头衫穿穿脱脱，把自己裹严实，与人相互隔开、彼此疏远。他一边不怎么起劲地吹着一首探戈曲，一边从敞开的窗边走开，在衣橱里找套头衫，然后开始在镜子前穿上它。这并不容易，也许是因为衬衫与套头衫的毛线粘在了一起，要将胳膊伸进去确实费力，他慢慢地将手往前伸，终于从蓝色羊毛衫的袖口里冒出了一根手指头，在傍晚的光线下，那手指头似乎有点皱巴巴的，向里弯着，尖尖的指甲还是黑色的。他一把将套头衫的袖子扯下，备感陌生地看着自己的手，但是这会儿，手已经在套头衫外面了，他看出来那还是他原来的手，他任胳膊松垮地垂下，手也在末端随之滑落，这让他想到，最好把另一只胳膊伸进另一只袖子，看看这样是不是更容易些。但似乎实际并不是这样，因为在套头衫的毛料再次贴上衬衫的布料时，由于不习惯从另一只袖子开始穿，这个动作甚至变得更加困难了。为了提提劲儿，他又吹起了口哨；但是他感觉到自己的手几乎没怎么往前进去，如果没有其他法子，他是永远没法把手伸出袖口的。也许最好三管齐下：低下头套进套头衫的领口，同时把还在外面的手伸进另一只袖管将它顺直，再同时将双手和脑袋从袖子和领子里一起往外钻。在突然笼罩而来的蓝色暗影下，继续吹口哨似乎挺荒唐的，他开始觉得脸上好像热乎乎的，虽然他的一部分脑袋应该已经露出来了，但是，额头和整个脸还被蒙着，两只手大概也才刚伸到袖子的一半。他再用力，也无法多伸出去半分。现在，他突然想到，他第二次埋头苦钻时那种带点轻蔑的愤怒也许让他犯了个错，他蠢得把头伸进了一只袖管里，而一只手则伸进了套头衫的领口。但如果是这样，他的手肯定能很容易地伸出来呀；可现在，虽然他用尽力气，却没能将任何一只手往前伸动，倒是他的脑袋似乎正要挣出生天，因为蓝色的羊毛现在正死死箍着他的鼻子和嘴巴，紧得简直让人恼火，远比他所能想象的更让他喘不过气，逼得他必须深呼吸，与此同时，箍在嘴上的羊毛线渐渐润湿，它也许会掉色，会给他的脸洇上蓝色。幸好，就在这个时候，他的右手探了出去，探到了外面寒冷的空气，至少已经有一只手在外面了，虽然另一只仍然困在袖管里，也许他的右手确实伸进了套头衫的领口，所以，他以为是领口的东西才会把他的脸箍得这么紧，让他越来越喘不过气，而手却轻易地伸了出去。不管怎样，要搞清楚，他唯一能做的就只有继续往外钻，继续深深吸气再慢慢呼气，即便这么做其实很荒唐，因为并没有什么东西不让他好好呼吸，只不过是他吞进去的空气混有套头衫袖口或领口的羊毛絮，而且，还有套头衫的味道，那股蓝色的羊毛线气息，现在，随着他呼出的湿气越来越渗进羊毛线中，羊毛线的这股蓝色气息应该正渐渐洇上他的脸庞，他看不见东西，因为如果他睁开双眼，眼睫毛就会扎上毛线，很疼，但是他确定蓝色正在包围他湿乎乎的嘴和鼻孔，攻占他的面颊，而这一切都让他渐渐焦躁起来，他只希望能一下子把套头衫穿上，更别提时间应该已经很晚了，他老婆大概已经在店门口等得不耐烦了。他心想，把精神集中在右手上才是上上策呀，因为那只已经在套头衫外面的手接触到了房间里的寒冷空气，就像是在宣明胜利已然在望；而且，它还可以帮他，可以从背后往上抬，抓住套头衫的下摆，做出用力往下拉这个有助于穿上任何套头衫的经典动作。但糟糕的是，虽然手在摸着脊背寻找羊毛衫的下摆，这衣服却好像完全缠在了脖子附近似的，手唯一能碰到的只有越来越皱巴的衬衫，衬衫的一部分甚至已经被拉出了裤子，而把手移过来扯套头衫的前襟也没什么用，因为他在胸前除了衬衫什么也感觉不到，套头衫应该才刚刚过了肩膀，也许它就紧绷绷地裹缠在那里，就好像他的肩膀对于这件套头衫来说太宽了似的，这完全证明他确实穿错了，错把一只手塞进了领子、另一只伸进了袖子，而领子到一只袖子的距离正好只有一只袖子到另一只袖子距离的一半，这就解释了为什么他的头会微微偏向左边，也就是手还困在袖子里的那一边，如果那真是只袖子的话；这也解释了为什么已经伸出去的右手能够在空中活动自如，虽然它无法把仍然缠在身体上部的套头衫拉下来。他讽刺地想到，要是近旁有把椅子，他还可以休息一下、顺顺气，再将套头衫完全穿好，可惜，穿衣服这个动作总会让人来上这么一段愉快的“韵律体操”，还隐隐带着点舞步的意味，随着这套动作，在转了那么多圈以后，他已经辨不清方向了，但谁都不能怪他呀，因为这可是出于一种实际的目的，而不是因为他没事就爱手舞足蹈。其实，既然他没能把套头衫穿上，那么，把它脱下重来一遍，确保每只手都正确地伸进袖子里、头伸进领子里，才是真正的解决方法。但是他的右手还在胡乱地摆来荡去，就好像在说事情都这样了才放弃，真是太荒唐了，而有一刻，这只手竟顺从地举到了脑袋的高度，向上拉套头衫，但是，他当时没能及时意识到，套头衫已经因为呼吸间渗透进蓝色羊毛线中的黏湿气息而紧贴在他的脸上，因此，当手往上拉时，他疼得就好像耳朵要被撕裂、睫毛要被拔掉似的。那么，就慢一点；得用上还塞在左边袖子里的手，如果那真是只袖子而非领子的话；还得用右手帮帮左手，好让它要么再往袖子里伸，要么后缩、挣脱出来，不过，协调两只手的活动简直是不可能的，就好像左手是一只困在笼子里的老鼠，而另一只老鼠想从外面帮助它逃跑；只是，笼外的老鼠并不是想帮忙，而是在咬它，因为他被困住的那只手猛地一疼，而同时，另一只手用尽全力狠狠掐住了大概是左手的这个部位，他的手好疼，疼得放弃了脱套头衫的举动，宁愿再试最后一次把脑袋脱出领口、把左边的老鼠拽出笼子，他全身都使上了劲儿，往前晃又往后摆，在房间中央转着圈儿，如果他确实在房间中央的话——他这会儿倒想起来，窗户是开着的，继续盲目地转圈很危险，他想停下来，但他的右手还在来回摆荡，对套头衫不管不顾，他的左手也越来越疼，好像手指被咬了或是被烫了似的，不过，那只左手还是听从他的意志的，他一点点将受伤的手指握紧，终于隔着袖子抓到了还缠在肩膀上的套头衫衣摆，他往下扯，却几乎用不上力，他的左手太疼了，需要右手来帮帮忙，而不是毫无益处地顺着双腿溜上溜下，也不是掐他的大腿，就像它现在正在做的那样，隔着衣服对他的大腿又挠又掐，而他却无力阻止，因为他所有的心力都耗在左手上了，也许他已经跪倒在地，他觉得自己好像挂在左手上似的，左手又扯了一下套头衫，突然，他的眉毛和额头一凉，眼睛也是，荒唐的是，他不想睁开双眼，但是他知道他已经出来了，这种沁凉的质感、这般醉人的妙物就是自由的空气，他不想睁开双眼，他等着，一秒，两秒，任由自己享受一段凉沁沁、不一样的时光，套头衫外的时光，他双膝跪地，这么待着就很美妙啦，然后，他慢慢地、满怀感恩地微微睁开双眼，他的眼睛已不再沾着衣服内里毛线上的蓝色口水，他微微睁开双眼，看见五片黑色的指甲正悬在空中直指他的眼睛，在空中颤动着，眼看就要向他的眼睛袭来，但他还来得及垂下眼皮，往后一倒，用左手护住自己，只有左手才会听他使唤，只有左手才能从袖子里面护住他，只有左手才能把套头衫的领子往上拎，让蓝色的口水再次淹没他的脸庞，与此同时，他直起身子逃向另一边，终于逃到了一个没有手、没有套头衫的地方，那里只有呼呼作响的风包围着他、陪伴着他、爱抚着他，还有十二层楼。

河

是的，好像就是这样，你好像是走了，说着不知道什么东西，说你要去跳塞纳河，就是那一类的话，那种夜半时分的呓语，渗进被单，黏在嘴里，几乎总在黑暗中响起，或者伴着手或脚的动作，轻轻掠过这个不怎么认真听你说话的男人的身体。是的，当你说这样的话时，我已经有好长时间不怎么听了。那些话从我紧闭的双眼的另一边传来，从我再次沉入的梦乡中传来。那么，好，我可不在乎你是走了、是淹死了，还是依然在码头上游荡，望着水流，再说，这也不是真的，因为你就睡在这里，气息不稳地呼吸着，可如果是这样，那么当你在夜里的某个时刻、在我迷失于梦乡前离开时，你并没有真的走，但你确实已经走了呀，还说了句什么，说你要淹死在塞纳河中。也许你害怕了，退缩了，然后你就突然出现在那里，几乎要触碰到我，你像波浪般摆动着，就好像有什么东西在你的梦里轻柔地浮动，就好像你真的梦见自己出了门，梦见你最终还是到了码头上、跳进了河里。就这样，带着一张浸湿了愚蠢泪水的脸，你再次睡去，直到上午十一点，报纸送到，带来有关那些真正的溺死者的消息。

你让我想笑，可怜虫。你那些故作悲怆的最终决断，那种像乡下巡演剧团女演员一样摔门而出的样子，我问自己，你是不是真的相信你的那些威胁，那些讨厌的欺哄，那些一把鼻涕一把泪、又臭又长、翻来覆去上演的悲情戏码。你应该和一个比我更有天分的人在一起，让他回应你，这样，你们两个就能升格成为完美伴侣，带着互相凝视、彼此毁灭的痴男怨女所特有的恶俗气息，只愿撑得一时是一时，然后绝处逢生、从头再来，不知疲倦地追求那镜花水月、海市蜃楼般的真爱。但是你也看见了，我选择沉默，点上一支香烟，听你说话，听你抱怨（你说的都有理，但是我又有什么办法呢）；或者，还有更妙的——我就这么慢慢睡着了，被你那老一套的恶言恶语弄得昏昏欲睡，有那么一刻，我半闭着双眼，将睡梦初现的丝丝痕迹与吊灯下穿着可笑睡衣的你的表情混淆了起来，那盏枝形吊灯还是我们结婚时别人送的。我觉得我最后睡着了，并且，我必须向你承认，我几乎是怀着爱意将你的举动和抱怨中最有用的部分——你气得发白的双唇咧开时的咂巴声——带入了梦乡。我的梦会因此更加丰富，因为那里面还从来没人想过要去跳河，相信我。

但如果是这样的话，我问自己，如果你已经决定要选择去另一张更广阔无垠、更触手即逝的床，那么你还在我这张床上干什么。现在，你倒睡着了，时不时地还挪挪腿，扯动被单的形状，似乎在为什么事情而生气，但不是非常生气，而像是一种苦涩的疲惫，你的嘴唇咧成一副轻蔑的怪相，匆促地呼气，再小口地吸气。我觉得，如果我不是因为你那些假意的威胁而这么恼火，我会承认现在的你又变得美丽了，就好像梦境让你再次回到了我身边，在我身边，我们可能重燃欲望，甚至和好如初、重启未来，拥有一些不像这个清晨这么混沌不清的东西。现在，路上开始有车辆来往，该死的公鸡也开始鞠躬尽瘁，扰人不已。我不知道，已经不必再问你是不是曾经离开过，或者在我滑入遗忘的那一瞬间摔门而去的人是不是你。也许，就因为这样，我才想触碰你，不是因为我怀疑你不在那里，也许你从来就不曾离开过这个房间，也许是一阵风将门关上了，我梦见你走了，而那时的你却以为我还醒着，在床脚大吼着威胁我。在清晨青绿的暗影中，将一只手拂过那颤抖着抗拒我的肩膀，几乎是甜蜜的，可这不是我触碰你的原因。你让被单半遮着，我的手开始顺着你喉咙的光滑线条往下移动，我倾下身，呼吸着你带有夜晚和糖浆味道的鼻息。我不知道我的双臂是怎么将你环住的，当你弓起腰挣扎时我听见一声呻吟，但是，我们俩对这游戏都太过熟悉，不会因此而疑虑。你那喘息着说出破碎字句的嘴一定会向我投降，你那昏沉沉、软绵绵的身体想挣脱也是徒劳。我们像黑白毛线般交织成球，如瓮中蜘蛛般彼此纠缠，无比紧密地合为一体。在勉强盖住你的被单上，我隐约看见划空而过的闪光瞬间消失在暗影中。现在，我俩裸裎相见，晨光笼罩着我们，我们在颤抖中融为一体。但是，你还在固执地抵抗，你缩起身子，将手臂挥过我头顶，将大腿如闪电般张开，再像可怕的夹钳般合上，仿佛想把我生生切开。我必须慢慢地控制住你（这件事，你知道的，我总是做得庄重优雅），我将你灯芯草般的胳膊弯过来，小心别伤着你；我紧缠着你抽搐的双手和大睁的双眼中的快感。现在，你的节奏终于沉缓下来，变成织物上的波纹，变成直冒着袭上我脸颊的气泡，慢慢地起伏着。我轻轻抚摸着你倾泻在枕头上的长发，在青绿的暗影中，我惊讶地看着自己的手正淌着水。在滑到你身边之前，我知道你刚刚被人从水中捞出来，当然，已经太迟了；你躺在码头的石块上面，四周是众人的鞋子和嘈杂的声音。你裸着身子，仰面躺着，头发浸湿，双眼圆睁。

毒药

星期六中午，卡洛斯叔叔带着灭蚁器来了。前一天吃饭的时候，他就说过会把它带来。我和妹妹盼着看见这机器，我们想象它一定很大、很吓人。我们很熟悉班菲尔德[①]的蚂蚁，那些黑黑的蚂蚁见什么吃什么，还会在田里、房子柱基里，还有房子陷入地下的那个神秘角落里堆积蚁穴，挖洞挖得到处都是。它们的洞很隐蔽，但是它们藏不住自己来来往往运送小叶子的黑色队伍。那些小叶子就是花园中的草木，所以妈妈和卡洛斯叔叔决心买下那台机器，来消灭蚂蚁。

我记得，是我妹妹看见卡洛斯叔叔顺着罗德里格斯·佩涅街过来的。她远远看见他坐着车站里的轻便双轮马车，便

①布宜诺斯艾利斯省的一座城市。科塔萨尔曾在这里度过童年。

穿过旁边的巷子跑回来，大喊着卡洛斯叔叔把那台机器带来了。我当时正在莉拉家附近的女贞树丛中，隔着铁丝网跟莉拉说话，跟她讲我们下午要试那台机器。莉拉有点感兴趣，但兴致不高，因为女孩子都不关心机器，也不关心蚂蚁。唯一吸引她的就是那机器会喷烟，而这烟会杀死家里所有的蚂蚁。

听到我妹妹的喊声，我就跟莉拉说我得去帮忙卸机器了。我像打仗时的坐牛[①]一样怒吼着沿巷子跑去，跑步的姿势是我那时候自创的，不弯膝盖，就像踢球一样。这样跑不累人，而且感觉好像在飞，虽然根本比不上我那时常做的那个飞翔的梦。在梦里，我从地上抬起双脚，微微动动腰，便能在离地面二十厘米的空中飞行，那真是妙不可言。我飞过长街，有时候能飞高一点，有时候则贴着地面。我无比清楚地感觉到自己是醒着的，而那个梦坏就坏在，我总是梦见自己是醒着的，梦见自己是真的在飞，梦见以前是做梦但这一次是真的。从那样的梦里醒来，就像摔回了地上，无论是走是跑，我的脚步都那么沉，我每一次起跳，都以坠落告终，这真让人伤心。唯一跟梦境有点相像的就是我这种自创的跑步姿势，

①坐牛（Sitting Bull, 1831－1890），美国印第安人苏族部落首领。

再穿上科迪斯冠军系列[①]橡胶包头帆布鞋，就有点儿做梦时的感觉了，当然，跟真正在梦里还是没法儿比的。

妈妈和奶奶已经在门口跟卡洛斯叔叔和车夫说着话了。我慢慢地走过去，因为有时候我喜欢让人等我。我跟妹妹看着那个用麻绳绑着、用牛皮纸包着的东西，车夫和卡洛斯叔叔正把它卸到小路上。我一开始以为那是机器的一部分，但我马上就发现，那就是整台机器。它看起来那么小，我的心一下子跌到谷底。但当我帮卡洛斯叔叔把机器搬进来时，我就感觉好了些，因为我发现这机器很重，于是对它又有了信心。我亲手拆掉了细绳和纸，因为妈妈和卡洛斯叔叔得打开一个小包裹，里面装着毒药罐。一开始他们就跟我们说过那个是不可以碰的，已经有不少人因为碰了那药罐而痛苦惨死。我妹妹退到了角落里，因为她对这一切已经不感兴趣了，也有一点点是因为害怕。但是我看了看妈妈，我们俩笑了起来。那些话都是说给我妹妹听的，我可是有权使用那台装着毒药的机器的。

那台机器并不好看，我的意思是，它不像一个真家伙，

①科迪斯（Keds）是1916年创立的美国运动鞋品牌，冠军（Champion）是其中的一个系列。

连个会转圈的轮子或是喷气儿的汽笛都没有。它就像只黑铁炉，有三条弯腿儿，一个点火的小门，一个放药的小门，顶上伸出一根金属软管（就像蠕虫的身体一样），那上面还接了另一根带喷嘴的橡胶管。吃午饭的时候，妈妈给我们念了使用手册，一念到有关毒药的部分，我们大家就都看着我妹妹，奶奶又跟她说起在弗洛雷斯有三个小孩因为碰了药罐而死掉了。我们都看见了盖子上的骷髅头标志，卡洛斯叔叔找了一把破旧的勺子，说那把勺就拿来舀药用，还说那机器所带的东西都要收在工具房高处的柜子里。屋外很热，因为已是一月初了。西瓜很冰，黑黑的瓜子让我想起了蚂蚁。

睡完午觉以后——大人才睡午觉，我妹妹在读《比利肯》杂志[①]，而我则在四面环墙的院子里给邮票分类——我们去了花园，卡洛斯叔叔把机器搁在放吊床的圆亭中，那里老是冒出蚂蚁洞来。奶奶准备好了炭火来点旺那炉子。我用镘刀在一个旧木盆里搅出了一个很结实的泥团。妈妈和妹妹坐在藤椅上看着，莉拉隔着女贞树看着，我们喊她过来，她说她妈妈不让，但是她在那边一样能看见。花园的另一边，内格利

①阿根廷著名儿童周刊，是历史最悠久的青少年西语杂志，1919 年创刊，名字取自美国流行人偶尖头福神比利肯。

家的姑娘们已经在探头探脑了，她们怪怪的，所以我们不跟她们来往。她们三个分别叫俏拉、埃拉和库菲拉，可怜呀。她们人不错，但是都呆头呆脑的，没法跟她们一起玩。奶奶觉得她们挺可怜，但是妈妈从来不邀请她们到家里玩，因为她们老是跟我和妹妹闹得很凶。她们三个想称王称霸，但是她们既不懂跳房子也不懂打弹子，既不会玩官兵强盗也不会玩沉船游戏，她们只会傻笑，还有没完没了地说些天知道谁会感兴趣的东西。她们的父亲是市政府官员，她们养棕黄色的奥品顿鸡。我们养罗德鸡，因为它更会下蛋。

在花园和果树的绿荫中，那台机器一身漆黑，看起来更大了。卡洛斯叔叔把炭火倒入机器里，在机器加热的同时，卡洛斯叔叔选了一个蚂蚁洞，把管子的喷嘴对准了它。我在周围抹上泥并踩了踩，但没有很用力，就像手册上说的那样，不能让蚁道倒塌。然后，叔叔打开灌药用的小门，又取来了毒药罐和勺子。毒药是紫色的，颜色很漂亮，要放上一大勺，然后立刻关上小门。我们刚关上门，就听见一声像是牲口打响鼻的声音，机器开始工作了。真是绝了，喷嘴四周都溢出一股白烟，必须再抹些泥，然后用手拍实。“蚂蚁会全死光。”叔叔说，他对机器的运作情况很满意。我站在他身边，手上、胳膊上、一直到胳膊肘上，全都是泥。显然，这是个男人才能干的活儿。

“每个蚂蚁洞得熏多长时间？”妈妈问。

“至少半个钟头。”卡洛斯叔叔说，“有些洞很长，长得超乎想象。”

我明白他是指两到三米，因为家里有那么多蚂蚁洞，它们不可能太长。但是，就在这个时候，我们听见库菲拉开始尖叫，她那声音在车站都能听得到，内格利一家人都来到了花园，说有一块莴苣地冒烟了。一开始，我还不愿意相信，但他们说的是真的，因为就在这时候，莉拉也隔着女贞树告诉我说，她家的一棵桃树旁边也冒烟了。卡洛斯叔叔想了想，然后走到内格利家的铁丝网前，请俏拉往冒烟的地方盖上泥巴，她比较不会推三阻四。我跳到莉拉家，堵住了那个蚂蚁洞。现在，家里的其他一些地方也开始冒烟了：鸡舍、白色大门后面和侧面墙壁下方。妈妈和妹妹帮着盖上泥。我想着地底下有这么多烟在寻找出口，而蚂蚁就在那些烟雾中像弗洛雷斯的那三个小孩一样痛苦地扭动，这真是令人惊叹。

我们从那天下午一直忙到晚上，妹妹还被派去打听其他邻居家是不是也在冒烟。天黑下来的时候，我们关了机器。

把喷嘴拔出蚂蚁洞后，我就用镘刀往里挖了挖，洞里全是死蚂蚁，一片紫色，有股硫黄味。我在上面盖上泥，就像在葬礼上撒土那样。我估计至少死了五千只蚂蚁。大家都进屋了，因为是时候洗澡、摆桌子了，但是卡洛斯叔叔和我留了下来，我们要清理机器，把它收好。我问他可不可以由我把东西带到工具房去，他说可以。以防万一，我在碰了药罐和药勺以后还洗了手，虽然那勺我们之前已经洗过了。

第二天是星期天，罗莎姨妈和我的表兄弟们来了。那一天，莉拉妈妈准她过来，我们跟我妹妹和莉拉玩了一整天官兵强盗游戏。到了晚上，罗莎姨妈问我妈妈，我表哥雨果可不可以在班菲尔德多待一个星期，因为他得了胸膜炎，身子有点虚弱，需要晒晒太阳。妈妈说可以，我们大家都很高兴。他们在我房里搭了个床给雨果，到了星期一，女佣拿来了他一个星期的换洗衣服。我们一起洗澡，雨果知道的故事比我多，但是跳远不如我。真是个典型的布宜诺斯艾利斯人。和衣服一起送来的还有两本萨格瑞[①]的书和一本植物学书，因为他得准备一年级入学考试。书里夹着一片孔雀羽毛，我是第

①埃米里奥·萨格瑞（Emilio Salgari, 1862－1911），意大利冒险小说、科幻小说作家。

一次见，他拿它当书签用。羽毛是绿色的，带有一个蓝紫色的翎眼，整片羽毛都泛着金色。我妹妹问他要这片羽毛，但他不给，因为那是他妈妈送给他的，他连碰都不让她碰一下。但我是可以碰的，因为他相信我，于是我总是握着羽柄。

头几天，由于卡洛斯叔叔要上班，我们没有再发动机器。我跟妈妈说如果她愿意，我也能发动起来，但是妈妈说我们最好还是等到星期六，反正那个星期没有多少苗圃要整，蚂蚁也不像以前那么多了。

“少了五千只左右。”我对她说。她笑了，但还是承认我说得对。妈妈不让我开动机器反倒更好，这样雨果就不会掺和进来，因为他是那种什么事都懂、什么事都管的人。尤其是事关毒药，他最好还是别帮忙。

睡午觉的时候，大人们叫我们安分些，因为怕我们中暑。自从雨果跟我一起玩以后，我妹妹就一直跟着我们，她总想跟雨果搭档。打弹子我能赢他们两个，但是，玩抛接球的时候，不知怎么，雨果玩得特别好，总是赢我。妹妹一直夸他，我发现她是想找他当男朋友。我应该把这件事告诉妈妈，让她赏妹妹几巴掌，只是我想不出该怎么和妈妈说，而且，他们也没做什么坏事。雨果暗暗地瞧不起她，没有表现出来。每当这时候，我就想拥抱他一下，但这总是发生在我们玩耍的时候，这时只论输赢，没人想要拥抱。

午觉时间从两点持续到五点，这是最适合静下心来干点自己喜欢干的事的时候。我们和雨果一起看邮票，我把重复的邮票给他，还教他按照国家分类。雨果希望一年后能跟我一样集成一套，不过，他只收集美洲国家。这样他会错过喀麦隆的邮票，那都是有动物图案的，但是雨果说这样的邮票合集才更有分量。妹妹同意他的话，虽然她连邮票的正反都分不清，但她就是要跟我唱反调。而莉拉——她大约三点钟时会跳过女贞树丛过来——则站在我这边，她喜欢欧洲的邮票。我曾经送给莉拉一个贴满了各式各样邮票的信封，她总是跟我说起它，还说她父亲会帮她集邮，但是她母亲却觉得这不适合女孩子，而且上面还有细菌，于是信封就被收进了衣柜里。

为了不让家里人被吵得发火，莉拉来了以后，我们就会去花园最里头，躺到果树下。内格利家的姑娘们也在她们的花园里玩，我知道她们为雨果发狂，她们大声地聊天，声音像是从鼻子里发出来的一样，尤其是库菲拉，她一直问："针线盒在哪里呢？"埃拉答了句什么，然后她们就吵了起来，但这都是故意的，是为了引人注意。幸好，那边的女贞树很茂密，看不大清楚。我们和莉拉听见她们说话时都要笑死了，雨果捏住鼻子说：“小马黛茶壶在哪里呢？”然后，年纪最大的俏拉就说：“看见今年出了多少粗鲁的姑娘吗？”我们则把草叶含在嘴里，让自己别笑得太大声，因为最好是别睬她们，让她们憋着去。这样一来，当她们后来听见我们玩逮人游戏时，她们就闹得更凶了。最后她们自己吵了起来，直到她们的姨妈出来，揪着她们的头发教训了一顿，三人才哭着进了屋。

玩游戏时，我喜欢跟莉拉搭档，因为只要还有别人，你就不会想要跟兄弟姐妹玩，而我妹妹就直接找了雨果当搭档。莉拉和我打弹子赢了他们，但是雨果更喜欢玩官兵强盗，还有捉迷藏，我们总是得听他的玩那个。其实这些游戏也很棒，只不过玩的时候没法大喊大叫，而玩游戏若不能喊叫，就不那么有劲了。玩捉迷藏时，几乎总是轮到我数数，我不知道他们为什么要一轮轮地捉弄我，然后一个个地都安全到埠。五点的时候，奶奶总会出来骂我们，因为我们浑身大汗，还晒了太长时间的太阳，但是我们总会逗她笑、亲吻她，连不是自家人的雨果和莉拉都是如此。我发现那些天里奶奶总是看着工具柜，我明白她是害怕我们会去乱翻跟机器一起的那些东西。但是，出了弗洛雷斯那三个孩子的事以后，谁也不会想到要干这种蠢事的，何况，这还会招来一顿好打。

有时候，我喜欢一个人待着，在这种时候，我甚至不愿意莉拉待在旁边。尤其是天快黑时，在奶奶穿着白色罩袍出来浇花园之前的片刻。这时的土地已经不那么滚烫，但是有浓浓的忍冬花香气，还有番茄地的气味，那片地里有引水管和跟其他地方不一样的虫子。我喜欢趴着闻闻土地，感觉它就在我的身下，热热的，有一股非常特别的夏日气息。我会想很多东西，但主要是那些蚂蚁。自从见到了蚂蚁窝是什么样子，我就一直在想那些四通八达却没有人看得见的蚁道。它们就像我双腿皮肤下隐现的血管一样，只不过里面全是来来往往游走的蚂蚁和玄秘。如果人吃下了一点点毒药，那毒药就会变得好像从那机器里喷出的烟一样，走遍全身血管，就和烟熏遍地底似的，没什么两样。

过了一会儿，我就厌烦了一个人待着研究番茄上的虫子。我会去白色大门那边，先助跑，开始像“水牛比尔”[①] 一样狂

---

① 威廉·弗雷德里克·“水牛比尔”·科迪（William Frederick “Buffalo Bill” Cody, 1846 – 1917），南北战争军人、驿马快递骑士、边境拓垦人、美洲野牛猎手。他是美国西部开拓时期最具传奇色彩的人物之一。

奔，等跑到莴苣地时就干净利落地一跃而过，连边上的雀稗都不会碰到。我和雨果常常用戴安娜牌气枪打靶，或是在吊床上玩耍。我妹妹，有时还有莉拉，洗完澡也会穿着干净衣服来吊床这儿坐坐。雨果和我也会去洗澡，最后，我们大家会一起到小径上溜达，或者我妹妹会在客厅里弹钢琴，而我们就坐在栏杆上，看着人们下班回家。我们会一直等到卡洛斯叔叔回来，然后向他问好，再顺便看看他有没有带回个系着粉红细绳的包裹或是《比利肯》杂志。就在那段时间里的某一天，莉拉跑向门口时被一块石板绊倒，摔伤了膝盖。可怜的莉拉，她不想哭，但是眼泪却一直流。我想到莉拉的母亲，她那么凶，要是看见莉拉受了伤，肯定会说她是疯丫头，乱骂一通。雨果和我手搭手把莉拉抬到白门那边，我妹妹则偷偷去找了块碎布和酒精。雨果想充绅士照顾莉拉，而我妹妹想跟雨果一起，也很殷勤，但是我把他们通通推走，对莉拉说只要忍一秒钟，还说如果她愿意可以把眼睛闭上。但是她不愿意，当我给她搽酒精时，她一直盯着雨果，就像在向他证明她有多勇敢似的。我用力吹了吹她的伤口，绷带把伤口绑得很好，并不疼。

“你最好立刻回家去。”我妹妹对她说，“这样你妈妈就不会发飙。”

莉拉走后，我就开始觉得无聊了，因为雨果和我妹妹谈起了国内的探戈乐队，雨果在某家影院里见到过德·卡罗[①]，他还会用口哨吹出探戈曲子，让妹妹用钢琴弹出来。我到自己房间里去找集邮册，一直在想着莉拉妈妈会骂她，也许她正在哭，也许她的伤口感染了，这是常有的事。莉拉在搽酒精时那么勇敢，真是不可思议，而她盯着雨果，既不哭泣也不低头，那样子也让人惊叹。

床头柜上放着雨果的植物学书，露出了孔雀羽毛的羽柄。雨果是允许我端详这羽毛的，所以我小心地把它取出来，走到灯旁将它看个清楚。我觉得没有比这更漂亮的羽毛了。上面的斑点仿佛池中的水珠般漾着光，但是那也是没法比的，这羽毛要漂亮多了，它有一种闪亮的绿色，就像生长在杏树上的虫子一样，那种虫子有两根长长的触角，顶上各有一个小毛球。在羽毛最宽、最绿的部位中心，张着一只蓝紫色的眼睛，缀满了金色，真是个稀罕东西，我突然明白了它为什么是鸟中之王，每多看这羽毛一眼，我就越会想入非非，就

①胡里奥·德·卡罗（Julio de Caro, 1899－1980），阿根廷著名探戈作曲家、乐队指挥家、小提琴家。

像小说里那样。最后，我不得不把这羽毛放下，要不然我会把它从雨果这儿偷走，这可不行。也许，莉拉正独自待在家里想着我们（她家很黑，她的父母都很严厉），而我却拿着羽毛和邮票在玩。我最好把东西都收好，想想可怜的莉拉，她是那么勇敢。

晚上，我睡不着觉，不知道为什么。莉拉正在发烧生病的念头在我脑袋里赖着不走。我真想求妈妈去问问莉拉的母亲，但是不行。首先，雨果会笑话我的；其次，如果妈妈知道莉拉受了伤而我们却没告诉她，她会生气的。我想尽了办法，却怎么也睡不着。最后，我想最好还是上午去莉拉家看看她怎么样，或者隔着女贞树喊她。终于，我睡着了，心里还想着莉拉、“水牛比尔”，还有灭蚁器，但主要是莉拉。

第二天，我第一个起了床，去我的花园里，它离紫藤丛很近。我的花园是专属于我的一畦地，奶奶把它给了我，任我使用。我曾经种过金丝雀虉草，后来还种过甘薯，但是现在我喜欢花，尤其是我的海角茉莉，它的香味最浓郁，尤其是在晚上，妈妈总说我的茉莉花是家里最美的。我用锹慢慢地在茉莉四周挖着，这花是我最好的东西了。最后，我把茉莉连同粘在根上的土全都取了出来。然后，我跑去叫莉拉，她也已经起床了，而且她的膝盖几乎没事了。

“雨果是明天走吗？”她问我，我说是的，因为他得回布宜诺斯艾利斯继续准备一年级入学考试。我对莉拉说，我给她带了一样东西来，她问我是什么，于是我隔着女贞树丛把我的茉莉给她看，对她说我把花送给她，如果她愿意的话，我可以帮她建造一个她自己的花园。莉拉说茉莉花很美，她征得了她母亲的同意，我便跳过女贞树丛帮她栽花。我们选了一小块花床用地，拔掉了地里几株半枯的菊花，然后我开始铲土，让那块地大变样，然后莉拉告诉我她希望把茉莉种在哪里，就在正中央。我把花栽上，我们用喷壶浇上水，花园看上去很不错。现在，我必须搞到一点儿雀稗，但是这不用急。莉拉很高兴，她的伤一点都不疼了。真希望雨果和我妹妹能立刻看到我们所做的这一切。我正要去找他们，妈妈却叫我去喝牛奶咖啡。内格利姐妹正在花园里吵架，库菲拉像往常一样在尖叫。我真不知道在一个这么美妙的早晨，她们怎么能吵得起来。

星期六下午，雨果得回布宜诺斯艾利斯了，虽然如此，我还是很高兴的，因为卡洛斯叔叔不想在这一天开灭蚁器，他要等到星期天再开。最好是只有他跟我在，不然，一不走运，雨果可能会中毒或发生什么其他事。那天下午，我有一点点想他，因为我已经习惯了他待在我房间里，而且他还知道那么多故事和奇闻。但是，我妹妹更难过，她像梦游似的在家里到处游走，妈妈问她怎么了，她回答说没事，但是她的表情让妈妈看了她好一会儿，最后，妈妈说有些小女孩自以为是个大姑娘了，虽然她们连自个儿擤鼻涕都不会。我觉得我妹妹表现得就像个笨蛋，尤其是当我看见她用彩色粉笔在院子里的黑板上写下雨果的名字的时候。她写上，擦掉，再写上，每次都用不同颜色、不同字体，还一边斜眼睨着我。然后，她画了一颗插着箭的心，我就走开了，因为我不想扇她几耳光，也不想告诉妈妈。更糟糕的是，那天下午，莉拉很早就回了家，她说因为伤口的缘故她母亲不让她多待。雨果对她说，五点的时候会有人从布宜诺斯艾利斯来接他，她为什么不等到他离开的时候再走呢，但是莉拉说不行，便跑开了，连招呼都没打。因此，当有人来接雨果时，雨果必须得去向莉拉和她母亲告别，然后，他向我们告别，他走时非常高兴，说他下个周末会再来。那天晚上，我一人待在自己的房间里，觉得有点孤单，但是，另一方面，我感到所有的东西又都是我一个人的了，而且我高兴什么时候关灯都行，这也挺好。

星期天，我一起床就听见妈妈隔着铁丝网在和内格利先生说话。我走过去道早安，内格利先生正在跟妈妈说，我们试机器那天冒了烟的莴苣地里，莴苣全都发了蔫。妈妈对他说这很奇怪，因为机器的说明书里说那种烟对植物是无害的。内格利先生回答道，说明书是不能信的，就跟药物一样，你看说明书里写它包治百病，最后倒可能叫你一命呜呼。妈妈说，也许是内格利姐妹中的哪一个不小心把肥皂水洒在了地里（但是我觉得妈妈想说她们是故意的，她们就是那么调皮、那么爱惹事）。内格利先生则说，他得查一查，但是，说真的，如果那机器会杀死植物，这样折腾就得不偿失了。妈妈说，她可不会拿几根要死不活的莴苣跟花园里的蚁灾相提并论，她还说我们下午就要再开动机器，如果他们看见有烟，就通知我们去堵住蚂蚁洞，这样就不用麻烦他们了。这时，奶奶叫我去喝咖啡，我不知道他们还说了些什么，但是我很激动地想着我们又要跟蚂蚁开战了，我整个上午都在读莱佛士[①]的故事，虽然我并不像喜欢“水牛比尔”和其他许多小说那

①托马斯·斯坦福·宾利·莱佛士爵士（Sir Thomas Stamford Bingley Raffles，1781－1826），英国殖民时期重要的政治家。

样喜欢它。

我妹妹的疯劲儿已经过去了，她正在家里到处唱歌。有那么一会儿，她突然想用彩色铅笔画画，便来到我旁边，然后趁我不注意的时候凑过来看我在干什么。巧的是，我刚刚写完我自己的名字，我很喜欢到处写上自己的名字，更巧的是，我还在旁边写下了莉拉的名字。我合上了书，但是她已经看到了，开始哈哈大笑，还好像挺同情地看着我。我朝她扑过去，但是她叫了起来，我听见妈妈过来了，便怒气冲天地跑去了花园。午饭的时候，她一直带着嘲弄的神情看着我，我很想在桌子底下踢她一脚，但是她可能会大声尖叫，而那天下午我们还要开动那机器，所以我忍了下来，什么也没说。到了睡午觉的时候，我爬到柳树上去看书、想事情。四点半，卡洛斯叔叔睡完觉到屋外来了，我们便泡上马黛茶，然后把机器备好。我和好了两盆泥巴。女人们都在屋里。天很热，机器旁更热，因为它是烧炭的，但是，马黛茶若是在又烫又苦的时候喝下去，是很消暑的。

我们选在花园最里头、靠近鸡舍的地方开动机器，因为蚂蚁似乎都躲在那块地方，对苗圃大加破坏。我们刚把喷嘴放进最大的蚂蚁洞里，就开始到处冒烟，连鸡舍地上的砖缝里都是。我来来回回，在各地都堵上泥，我喜欢往上抹泥，再用手拍实，直到烟不再往外冒。卡洛斯叔叔把身子探过内格利家的铁丝网，问俏拉她家的花园有没有冒烟，因为她是三人中比较有脑子的那个。库菲拉咋咋呼呼地到处查看，因为她们都很尊敬卡洛斯叔叔，但是，她们那边并没有冒烟。我倒是听见莉拉正在叫我，我跑向女贞树丛，看见她穿着那件我最喜欢的饰有橘色圆点的衣服，膝盖上缠着绷带。她叫喊着对我说她的花园里冒烟了，就是那个专属于她的花园。我拿起一盆泥跳过铁丝网，而莉拉则伤心地对我说，她去看她的花园时听见我们正在跟内格利姐妹说话，然后烟就从我们种下的茉莉花旁边冒出来了。我跪在地上，倾尽全力地抹上泥。茉莉花才刚刚移植过来，现在却离毒药这么近，这是很危险的，虽然使用手册上说不会有事。我想着是不是可以在离这块地几米的地方截断蚁道，但是，我还是得先抹上泥，尽力将洞口堵严实。莉拉已经拿着一本书坐在了树荫下，看着我忙活。我喜欢她看着我，我抹上了很多泥，那里肯定不会再冒烟了。然后，我走过去问她哪里有锹，可以试着把蚁道截断，免得它把剧毒传到茉莉花那里。莉拉起身去找锹，她找了很久，所以我就看了看她的书，那是一本带插图的故事书。我惊讶地看见莉拉的书里也有一根漂亮的孔雀羽毛，这她可从没说起过。卡洛斯叔叔在叫我去堵其他的洞，但是我却看着那根羽毛。那不可能是雨果的那根，但是它们看起来一模一样，就像是出自同一只孔雀：绿色的羽毛，有蓝紫色的翎眼和金色的斑点。当莉拉拿着锹过来时，我问她羽毛是哪里来的，想着要告诉她雨果有一根一模一样的。当她满脸通红，回答说那是雨果在告别时送给她的时候，我几乎没注意到她都说了些什么。

“他对我说他家里有很多。”她加了一句，好像在辩解什么，但是她并没有看着我。在女贞树丛的另一边，卡洛斯叔叔更加大声地叫着我，我扔掉莉拉给我的锹，虽然莉拉正在叫我，对我说她的花园里又冒烟了，我却转身走向铁丝网，跳了过去。透过女贞树丛，我从家里看着莉拉，她在哭，手里还拿着那本书，那根羽毛从里面露出了一点点。我看见烟现在就从茉莉花旁边冒出来，毒药和根茎混成一气。我走到机器旁，趁着卡洛斯叔叔又在跟内格利姐妹说话，打开毒药罐，往机器里倒上满满的两勺、三勺，然后将小门关上。这样，毒烟会彻底地熏遍蚂蚁洞，杀掉所有的蚂蚁，家里的花园中一只活口都不留。

暗门

塞万提斯宾馆让佩特隆喜欢的理由也许正是其他人讨厌它的原因。那是一家阴暗、宁静、几乎没什么人的宾馆。当佩特隆乘着轮船过河时，当时认识的一个人向他推荐了这家宾馆，说它就在蒙得维的亚[①]的中心地区。佩特隆要了二楼的一个房间，带有卫生间，正对着大堂接待处。从门房的钥匙板上，他看得出宾馆里没住什么人。每把钥匙都跟一个沉甸甸的铜盘串在一起，盘上有房间号，这是管理部门为了防止客人把钥匙忘在口袋里而想出的小花招。

电梯就在大堂对面，大堂里有一个柜台，放着当天的各类报纸和电话台。佩特隆只需要走几米就能到房间。水龙头

①乌拉圭首都。

里的水很烫，这弥补了阳光的不足和空气的闭塞。房间里有一扇小窗户，正对着隔壁电影院的天台，时不时地，会有一只鸽子在那里散步。卫生间的窗户更大一些，但很遗憾，它面朝着一堵墙和一小块遥远的天空，几乎没什么用。家具不错，抽屉和柜子多得用不过来。还有很多衣架，挺奇怪的。

经理是个高瘦的男人，完全秃了顶，戴着金丝边眼镜，有着乌拉圭人特有的那种响亮有力的声音。他告诉佩特隆说二楼很安静，只有他唯一的隔壁房间里住着一位单身的女士，她不知在哪里上班，总要到入夜才回宾馆。第二天，佩特隆就在电梯里遇见了她。他知道是她，是因为看见了她的钥匙牌号，她就像要献出一枚硕大的金币似的，把钥匙牌放在手心里。门房拿起她和佩特隆的钥匙，把它们挂在钥匙板上，然后跟那个女人谈起了几封信的事情，因此，佩特隆有时间看清楚她还挺年轻，但不太起眼，而且，就像所有的乌拉圭女人一样，穿衣服品位很差。

与马赛克生产商签好合同大概得花一个星期。下午，佩特隆把衣服叠好放到衣橱里，理好桌上的文件资料，洗完澡以后，他到市中心转了一圈，等着到时间去合伙人的办公室。那一天就在几场会谈中度过，期间他在波西托斯酒店参加了一场鸡尾酒会，还在主要合伙人家里吃了顿晚饭。当他被送回宾馆时，已经过了凌晨一点。他疲惫地躺上床，立刻就睡着了。他醒来时，已经快九点了。初初醒来的那几分钟里，在残留的睡意和困倦中，他觉得在某一时刻曾有小孩的哭声吵到了他。

出门前，他与有德国口音的前台接待员聊了聊。他一面打听着公交车线路和街道名称，一面心不在焉地看着宽敞的大堂，而大堂尽头就是他和那位单身女士的房间。在这两扇房门之间，有一尊带有基座的《米罗的维纳斯》[①] 仿作，仿得十分糟糕。侧面墙上还开有一扇通向一间小会客厅的门，厅里照例摆着沙发椅，放着杂志。当接待员和佩特隆不再说话时，宾馆中的寂静仿佛凝结成形，如灰烬般落在家具和瓷砖上。电梯的声响仿佛轰鸣，报纸翻页或划火柴的声音也几乎震耳欲聋。

会议在天黑的时候结束，佩特隆在七月十八日大道上转了一圈，然后在独立广场上的一家小饭店里吃了晚饭。一切都很顺利，也许他可以比他原本预计的要更早地回到布宜诺

---

①即断臂的维纳斯，创作于约公元前 2 世纪，1820 年在爱琴海米罗岛被发现，因而得名。

斯艾利斯。他买了一份阿根廷报纸和一包生烟，然后慢慢地走回了宾馆。旁边的电影院里在放两部电影，但他都已经看过了，而且，他其实也没有兴致要到哪儿逛逛。宾馆经理遇见他时跟他打了个招呼，还问他床上是否需要再添些什么。他们聊了一会儿，抽了根烟，就分开了。

睡觉前，佩特隆把白天用过的文件整理好，然后兴味索然地看了看报纸。宾馆里的寂静太过沉重，偶尔一辆顺着索利亚纳街而下的电车声响也只不过将这寂静暂时地打破，再任它变本加厉、卷土重来。他并不焦躁，只是有些不耐烦，便把报纸往垃圾篓里一扔，一边心不在焉地照着衣橱上的镜子，一边脱衣服。衣橱已经很旧了，背后隐藏着一扇通向隔壁房间的门。佩特隆惊讶于自己第一次查看这间房时竟然没注意到这扇门，现在才发现它。他先前以为这栋楼就是建来当宾馆的，但是，现在他发现这家宾馆和许多中档宾馆一样，是由旧办公楼或住宅楼改造而成的。仔细一想，几乎在他这一生住过的所有宾馆中——他可住过不少——房间里总会有一扇封死的门，有时候一眼就看得见，但大多通常都有一个衣柜、一张桌子或是一个衣帽架挡在前面，正如现在的这间一样，可以掩人耳目，含羞带愧地想遮掩住这扇门的存在，就像一个女人用手挡在小腹或乳房前，以为这样就遮了羞。但是，无论如何，门就在那里，从衣橱顶冒出了头。曾经有人从门里进出过，有人敲过它、虚掩过它，赋予它某种生命力，而这种生命力仍蕴藏在它与墙壁大不相同的木材中。佩特隆猜想，门的另一边大概也立着个衣柜，而房里的女士可能也对这扇门有着同样的想法。

他并不困倦，但还是美美地睡着了。他大概睡了三四个钟头，然后，一种不舒服的感觉把他弄醒了，就好像发生了什么让人厌恶、惹人恼火的事。他打开床头灯，发现才两点半，便又把灯关了。这时，他听见隔壁房间里有孩子的哭声。

一开始，他并没怎么在意。他的第一反应是放下心来：这么说，前一天晚上确实有个孩子让他没休息好。一切都解释清楚了，这就更容易睡着觉了。但之后，他转念一想，便从床上慢慢地坐了起来，在黑暗中静静听着。他没听错，哭声是从隔壁房间里传来的。透过暗门，可以听得见那声音，听得出是从那房间里床尾所在的位置发出的。但是，隔壁房间里不可能有个小孩儿呀，经理说得清清楚楚，那位女士是一个人住的，她几乎整天都在上班。佩特隆蓦地想到，也许她这天晚上是在照顾某个亲戚或朋友的孩子，但他随即想到了前一天晚上。现在，他很肯定他先前听到的就是这种哭声，因为这哭声与众不同，像是一连串长短不一的轻轻呻吟和哽咽的轻嗝，后面再跟着一声短暂的抽泣，声音一直断断续续，十分微弱，就好像孩子病得厉害似的。这应该是个几个月大的婴儿，虽然他哭起来不像新生儿一样刺耳，也没有突然发出咯咯声或是哽噎声。佩特隆想象着那个婴儿——是个男孩吧，但他也不知道为什么会这么想——很虚弱，生着病，脸颊消瘦，动作无力。那小东西在晚上呻吟着，轻声哭泣着，没有闹出大动静。如果没有那扇暗门，哭声也许都穿不透那厚实的墙壁，谁也不会知道隔壁房间里有个小孩在哭。

早上，佩特隆一边吃着早饭、抽着香烟，一边想了一会儿这件事。睡不好觉对他白天的工作可没好处。他已经在深夜被吵醒了两次，两次都是因为那哭声，而第二次更糟，因为除了哭声，还能听见那个女人试图安抚孩子的声音。她的声音很低，但是带有一种焦急渴切的腔调，听起来有点像在做戏，那低语声强有力地穿门而过，仿佛声声尖叫。孩子有时候会被这种哄弄呵求安抚好情绪，但是不久就会再次发出断断续续的轻声呻吟和无法慰藉的悲咽，于是女人就会再次嘟囔着一些低不可闻的言语，施展出母性的魔力来安抚她的孩子：他身心受困，也许是痛不欲生，也许是害怕死亡。

“这一切都很凄美，但是那经理可要了我一回。”佩特隆走出房门时这么想着。他很讨厌谎言，便明白提出了这件事。经理定定地看着他。

“孩子？您大概搞错了。这层楼没有小孩。您的房间隔壁住着一位单身女士，我想我已经跟您说过了。”

佩特隆迟疑了一会儿才开口。要么是这家伙在愚蠢地撒谎，要么是这宾馆的传声效果摆了他一道。经理微微斜过眼看着他，好像他倒被这投诉给惹恼了似的。“也许他觉得我是在找借口搬出去，只是不好意思直说。”他想。面对这样的矢口否认，要再反驳什么挺困难的，甚至有点荒唐。他耸耸肩，转而要了份报纸。

“我大概是做梦来着。”他说，心里因为不得不这么解释——或是做出其他任何解释——而觉得恼火。

夜总会闷得要死，做东的两个人也似乎不怎么来劲，所以，佩特隆便很轻易地借口白天太累，被送回了宾馆。他们约好第二天下午签合同，生意基本上已经谈成了。

宾馆大堂安静极了，佩特隆不自觉地踮起脚尖走路。床边放着一份晚报，还有一封从布宜诺斯艾利斯寄来的信。他认出是他妻子的字迹。

上床睡觉之前，他一直在盯着衣橱和那扇门露出的部分看。也许，如果他把自己的两只手提箱放到衣橱上面堵住那扇门，隔壁房间的声音就会小一些。跟平常一样，这个时候是听不到一点声音的。整个宾馆都在沉睡，物件如此，人也如此。但是，心情本来就不好的佩特隆却觉得正好相反，他觉得一切都醒着，都在这寂静的中心清醒着、渴盼地警觉着。他心底的焦躁似乎也传染给了这栋房子和房子里的人，他们也仿佛在监视着、窥伺着什么，暗伏不动。一堆蠢话。

当孩子的哭声在凌晨三点把他吵醒时，他几乎没把它当回事儿。他从床上坐起来，心想是不是最好把巡更的叫来，让他证明在这个房间里确实是没法睡觉的。孩子哭得很轻，有时都听不见他的声音，可佩特隆却觉得，这哭声就在那里，一直不停，而且很快就会越来越吵。十秒或二十秒极其缓慢地熬了过去。然后，传来一声短促的抽泣，一声几不可闻的呻吟，可怜兮兮，嘤嘤不止，直到最后爆发成真正的啼哭。

他点燃一根香烟，心想自己是不是应该在墙上轻轻敲几下，让那女人哄那孩子安静下来。但一想到他们两个，想到那女人和孩子，他发现自己并不是真的相信他们俩的存在，他发现自己很荒唐地相信经理并没有骗他。现在，那女人的声音传了过来，她的抚慰焦急殷切，虽然也是那么小心翼翼，却彻底盖住了小孩的哭声。女人正在哄着那孩子、安抚着他，佩特隆想象她正坐在床尾，摇着孩子的摇篮或是把他抱在怀中。但是，他怎么也想象不出那孩子的模样，就好像酒店经理的话比他正亲耳听见的情况更加真切。慢慢地，随着时间的推移，那微弱的呻吟在轻声的抚慰中时高时低，佩特隆开始怀疑这一切都是虚假的，是一场毫无道理的、可怕而荒唐的游戏。他想起那些关于没有孩子的女人的老套故事，她们虔诚而狂热地偷偷收藏各种玩偶，私底下幻想自己做了母亲，这比宠溺猫猫狗狗、子侄晚辈要可怕一千倍。那女人正在模仿着她那沮丧烦躁的孩子的哭声，抚慰着双臂虚抱住的一团空气，也许她的脸上满是泪水，因为她的哭泣已假戏真做，透出她那荒诞奇异的苦痛：在宾馆房间的孤单寂寞中，在无动于衷的冷漠和黎明时分的遮蔽之下，她哭得肆无忌惮。

佩特隆无法再入睡，便打开床头柜上的灯，心想着自己该怎么办。身在这样的环境里，他的心情非常糟糕，他突然觉得周围的一切都是骗人的、空洞的、虚伪的：这寂静、这哭声、这安慰，这在日夜交替时分唯一真实的东西，却用令人无法忍受的谎言欺骗他。他觉得，就在墙上敲一敲太轻描淡写了。他虽然无法入睡，但也没有完全清醒：不知怎么，他不觉一点点挪动那衣橱，直到露出那扇落满灰尘的、脏污的门。他穿着睡衣，光着脚，像蜈蚣似的贴在门上，把嘴靠近松木板，用假嗓子模仿起另一边传来的那种呻吟，声音几不可闻。他提高声调,呻吟,抽泣。门的另一边陷入一片沉寂，本应持续一整夜；但是，下一秒，佩特隆就听见那女人在房间里跑动，拖鞋噼啪作响，发出一声短促的尖叫，这声痛呼刚出口便戛然而止，仿佛一根绷紧的弦。

当他经过经理柜台时，已是十点多。八点过后，他曾经迷迷糊糊地听见宾馆职员和那女人的声音。有人在隔壁房间里走来走去、搬运东西。他看见电梯旁边放着一只衣箱和两只大手提箱。佩特隆觉得，经理看上去似乎手足无措。

“您昨晚睡得好吗？”他问道，职业性的语调难掩他的漠不关心。

佩特隆耸了耸肩。他不想多说，反正他只需要在宾馆里再过一夜了。

“不管怎么样，您现在会过得更舒心了。”经理看着那些箱子说道，“那位女士中午就要离开我们这里了。”

他在等着佩特隆说点什么，而佩特隆却只用眼神回应了他。

“她在这里住了很长时间了，现在突然要走。女人从来就摸不清。”

“是的，”佩特隆说，“摸不清。”

到了街上，他觉得晕乎乎的，但并不是真的头晕。他一边灌着苦咖啡，一边开始想这件事，他忘记了生意，也不在意四周灿烂的阳光。那个女人离开宾馆，是因为被恐惧、羞愧或气愤给逼疯了，而这都得怪他。“她在这里住了很长时间了……”她也许有病，但是她并没害人。应该离开塞万提斯宾馆的是他而不是她。他应该去跟她谈谈，向她道歉，请求她留下来，并发誓不会对人乱说。他往回走了几步，半路又停了下来。他不敢出这个洋相，他害怕那女人会有什么意想不到的反应。已经到了该去跟两位合伙人会面的时间了，他不想让他们久等。好吧，算她倒霉。她不过是个歇斯底里的女人，她会找到另一家宾馆来照顾她那个想象中的孩子的。

但是，到了晚上，他又觉得难过了。他觉得房间里的那片寂静更沉重了。进宾馆时，他不禁一直盯着钥匙板看，隔壁房间的钥匙已经不在了。他跟正打着呵欠等着下班的职员聊了几句，然后进了自己的房间，并不奢望自己能睡着。他有晚报和一本侦探小说。他慢吞吞地整箱子、理文件。天挺热，他把那扇小窗户大开着。床铺得很好，可他却觉得又硬又不舒服。他好容易有了足够的安静来睡个好觉，却只觉得心里如承受重压般难受。他踱了一圈又一圈，心里想着自己施计讨求的安静如今是完全回来了，却报复似的将他全然击败。讽刺的是，他觉得自己想念起那孩子的哭声来了。眼下这种绝对的安宁不足以让他安睡，更无法让他清醒。他想念那孩子的哭声，而等过了好一阵，当他听见那微弱却确切无疑的哭声透过暗门传来时，除了害怕，除了因此深夜逃离，他却也明白了：没事了，那女人并没有说谎，她轻声安慰那孩子，她希望孩子安静下来让他们睡个好觉，她并不是在惺惺作态。

迈那得斯[1]之夜

堂佩雷斯递给我一份印在铜版纸上的节目单，然后将我引到座位上。第九排，稍稍偏右：完美的声学平衡。我对皇冠剧院很熟悉，知道它像歇斯底里的女人一样难以捉摸。我总是建议我的朋友们千万别坐到第十三排，因为那里仿佛有某种气流旋涡，乐音传不进去；左边的上层楼座也不行，因为就像在佛罗伦萨市立剧院里一样，有些乐器听上去像是脱离了乐团，在空气中浮游，比如说，一支笛子好似在离人三米的地方吹响，而其他乐器却还是规规矩矩地待在台上，这很生动奇妙，但让人很不舒服。

①希腊神话中追随和崇拜酒神的信女，现常用来比喻狂热到神智沦丧的崇拜者。

我瞅了一眼节目单。我们将会听到《仲夏夜之梦》[①]《唐璜》[②]《大海》[③] 和《第五交响曲》[④]。想到大师，我不禁笑了。这只老狐狸定下的演奏会节目单再次蛮横地无视美学规则，却隐含着敏锐的心理洞察力，而这是戏剧导演、钢琴大师和自由搏击主持人的共同特点。一场在施特劳斯和德彪西之后立马接上贝多芬的演奏会，直教人神共愤，我只是出于纯粹的无聊才会来听。但是，大师了解他的观众，他组织的演奏会都是为了皇冠剧院的常客，也就是说，都是些平和亲切的人，很有参与精神，宁愿将就也不想尝鲜；他们最注重的是对消化系统的深切体恤和对平静心情的绝对尊重。听门德尔松，他们会觉得很自在。然后是豪迈、坚决的《唐璜》，其中有很多可以跟着吹口哨的小调。德彪西会让他们自觉是艺术家，因为可不是谁都能懂得他的音乐。接着是重头戏，贝多芬的震撼之作，如同命运的敲门声，胜利的 V 字形，那位

①德国浪漫主义作曲家门德尔松为同名戏剧作的标题音乐，其中的《序曲》被认为是其代表作品之一。

②浪漫主义晚期的德国作曲家、指挥家理查德·施特劳斯创作的交响诗，作于 1888 年。

③法国作曲家德彪西的管弦乐作品，作于 1905 年。

④德国作曲家贝多芬 1804 年至 1808 年间创作的四乐章交响曲，又名《命运交响曲》。

聋子天才。然后，他们会各自飞奔回家，因为明天办公室里会忙疯。

其实，我很喜欢大师，他给我们的城市带来了好音乐。我们这座城市没有艺术，也远离中心，十年前，也就只晓得有《茶花女》和《〈瓜拉尼人〉序幕》。大师受一位果敢的企业家雇用来到这座城市，组建起了这个堪称一流的乐团。慢慢地，他向我们推出勃拉姆斯[①]、马勒[②]、印象派[③]作曲家、施特劳斯和穆索尔斯基[④]。一开始，观众们对他颇有微词，因此，大师不得不收敛锋芒，在演出中穿插了很多“歌剧选段”；然后，观众们开始为他向我们展现的强劲坚定的贝多芬鼓掌欢呼；最后，他给什么，人们都会叫好，只是因为看见了他。就比如说现在，他的入场掀起了一股非同一般的热情。不过，演出季才开始，人们的双手还没审美疲劳，他们很乐意鼓掌，而且，大家都热爱大师。大师正在鞠躬，举止生硬，不怎么热情，然后，他带着他那种枭雄般的气势转向乐手们。我左

①约翰内斯·勃拉姆斯（Johannes Brahms, 1833－1897），浪漫主义中期德国作曲家。

②古斯塔夫·马勒（Gustav Mahler, 1860－1911），浪漫主义晚期奥地利作曲家。

③ 19 世纪末诞生的一个音乐流派，旨在捕捉微妙的意象。德彪西是这一流派的代表作曲家之一。

④莫杰斯特·穆索尔斯基（Modest Mussorgsky, 1839－1881），俄国作曲家。

边坐着赫纳坦夫人，我跟她不熟，但她是公认的音乐迷。她脸红彤彤地对我说：

“看吧，这是一位干成了少有的大事的男人。他不仅组建了一个乐团，更是培养出了一批观众。这难道不让人钦佩吗？”

“是的。”我说，如往常般随和。

“有时候，我在想他应该面向音乐厅来指挥，因为我们也有点像是他的乐手。”

“您可别算上我，拜托。”我说，“说到音乐，我可是一脑袋糨糊。比方说，今天的节目安排，我就觉得很恐怖。不过肯定是我搞错了。”

赫纳坦夫人严厉地看看我，然后别开了脸，但是，她的好心肠压倒了一切，促使她对我解释了一番。

“这节目单里的全是大师级作品，每一部都是热心观众来信要求的。您难道不知道今晚是大师与音乐结缘二十五周年纪念？也不知道乐团在庆祝成立五周年？您看看节目单的背面，有一篇帕拉辛博士写的文章，动人极了。”

在大师演奏的门德尔松和施特劳斯为他博得了喝彩之后，我在中场休息时拜读了帕拉辛博士的文章。我一边在入口大堂中踱步，一边问了自己几次：这次的演奏是否值得观众如此痴狂呢？而且，据我所知，这些观众并不是十分慷慨宽仁的。但是，周年纪念为傻气登堂入室大开方便之门，我猜大师的崇拜者们就是无法抑制自己的激动之情。在吧台，我碰见了埃佩法尼亚博士一家，便跟他们聊了几分钟。姑娘们脸红红的，都很激动，她们就像咯咯叫的小母鸡一样把我团团围住（她们让人想起各种各样的飞禽），告诉我说门德尔松真是绝了，他的音乐就像天鹅绒般柔美，如薄纱般轻盈，浪漫到极致。她们一辈子都听不厌夜曲，而谐谑曲更是天籁之作。贝芭则更喜欢施特劳斯，因为他曲风强劲，是位真正的德国式唐璜，他的双簧管和长号让她直起鸡皮疙瘩——这形容让我觉得惊人地贴切。埃佩法尼亚博士带着宽容的微笑听我们说话。

“啊，年轻人！很明显，你们没听过李斯勒[①] 弹琴，也没见过冯 · 彪罗[②] 做指挥。那才是辉煌的岁月啊。”

姑娘们很生气地看着他。小罗莎里奥说现在的乐团指挥得比五十年前要好上许多，而贝芭则完全不许她父亲贬低大师的高超技艺。

---

①爱德华 · 李斯勒（Édouard Risler, 1873 – 1929），法国钢琴家。

②汉斯 · 吉多 · 冯 · 彪罗男爵（Hans Guido Freiherr von Bülow, 1830 – 1894），德国指挥家、作曲家。

“当然，当然。”埃佩法尼亚博士说，“我认为大师今晚棒极了。多么火热！多么有激情！我自己也已经很多年没这么鼓过掌了。”

他把两只手摊给我看，手红得就像刚刚拍扁过一根糖萝卜。但有趣的是，到那时为止，我一直都有正相反的感受：我觉得大师那晚就好像又犯了肝疼，所以选择了一种简单直接的风格，没怎么卖力。不过，我大概是唯一有这种想法的人，因为卡约·罗德里格斯一看见我就几乎跳起来搂住了我的脖子，他对我说《唐璜》真是棒透了，还说大师是一位不可思议的指挥。

“你没觉得有一刻，门德尔松的谐谑曲已经不像是乐团在演奏，而更像是精灵的低吟吗？”

“事实上，”我说，“我得先搞搞清楚精灵的声音是什么样的。”

“别这么伤人。”卡约涨红着脸说，我发现他说这话时是真的动了怒。“你怎么会感觉不到呢？大师很棒，嘿，他从没指挥得这么好过。真不敢相信你会这么不开窍。”

吉列米娜·方坦快步向我们走来。她把埃佩法尼亚家的姑娘们说过的溢美之词又重复了一遍。卡约和她互相凝视，热泪盈眶，被彼此的惺惺相惜打动，慨叹于这种情感能让人们在一瞬间无比良善。我看着他们俩，心里挺吃惊，因为我搞不太懂这种激情。不过，我确实不像他们一样每晚都来听音乐会，有时候还会把勃拉姆斯和布鲁克纳[①]颠来倒去分不清，这在他们那一群人当中大概会被看成是无知到家了。不管怎么说，那些红扑扑的脸庞、汗津津的脖子、那种即使身处入口大堂甚至大街上也想继续鼓掌的强烈愿望，都让我想到大气变化啦、湿气啦或是太阳黑子，这些东西总是会影响人们的行为。我记得，那时候我在想，是不是有哪个机灵鬼正在重做牛博士[②]的经典实验，令观众们激情炽烈。吉列米娜用力地摇晃着我的胳膊，把我从浮想联翩中拉了回来（我们可不怎么熟）。

“接下来就是德彪西了。”她无比激动地呢喃着，“那一滴小水珠，《大海》[③]。”

---

①安东·布鲁克纳（Anton Brückner, 1824－1896），奥地利作曲家、管风琴家。

②儒勒·凡尔纳小说《牛博士》中的主人公，他以为基康东镇建造新式氧气发电站为名，向镇上的植物、动物和人输送纯氧气，以观察摄入纯氧对生物的作用。植物因此而加速生长，动物和人则变得易于激动，充满攻击性。故事以牛博士的氧气工厂爆炸而告终。

③原文为法语。

“一定会很动听的。”我顺着她的思绪之潮说道。

“您能想象大师会怎么指挥这曲子吗？”

“肯定是无懈可击。”我估摸着回答，一边看向她，观察她觉得我的回答如何。但是，吉列米娜显然期待着更火热的答案，因为她向卡约转过身去——他正像口渴的骆驼一样狂饮苏打水——两人开始如痴如醉地预想德彪西的第二乐章会是什么样子，猜测第三乐章该有多么宏伟强劲。我自去走廊上四处晃荡了一阵，然后回到入口大堂。到处都能发现，观众对刚刚听到的演奏激动万分，这教人既感动又恼火。一种捅了蜂窝似的巨大嗡嗡声慢慢钻进我脑子里，我自己也觉得有点头脑发热，喝了比平时多一倍的贝尔格拉诺苏打水。我没能完全投入其中，只能像昆虫学家观察昆虫一样在一旁看着这些人，这让我有点痛苦。但是，我能怎么办呢？我这辈子常常碰到这种情况，我几乎已经学会用这种能力来为自己避免一切牵扯。

我回到座位上时，大家都已经坐好了。我搅扰了一整排的人起身才回到自己的座位上。乐手们无精打采地回到台上，而急着听音乐的观众们倒比乐手们更早就位，这让我觉得很有意思。我看看最上头的两层楼座，那里黑压压一片人，就像苍蝇哄围着一罐糖；再下几层的楼座稀一些，那里的男人们一身礼服，看起来就像是一群群乌鸦；有几支手电筒亮了又灭，那是带着乐谱的音乐迷们正在试用他们的照明设备。中间大吊灯的灯光渐渐暗下去，黑暗中，我听见掌声响起，迎接大师的入场。光线与声音渐进交替，我的一种感官开始休息，而另一种感官则立刻开始工作，让我觉得十分奇特。在我左边，赫纳坦夫人用力地拍着手，整排的人都无比热烈地鼓着掌；但是，在我右边，隔着两三个位子，我看见有一个男人一动不动地低头坐着。毫无疑问，那人是个瞎子。我依稀看见了白色盲杖和毫无用处的眼镜的反光。只有他和我拒绝鼓掌，他的态度吸引了我。我真想坐到他旁边，跟他聊聊：那天晚上能忍住不鼓掌的人都很值得关注。往后两排，埃佩法尼亚家的姑娘们手都要拍断了，她们的父亲也不甘落后。大师简短地致意，往上面略微看了几眼，掌声如流星雨般飞溅而下，与来自池座和楼上包厢的掌声汇成一片。我似乎在大师脸上看到一种介于好奇与疑惑之间的表情，他听到的声音必定正在向他展示一场普通的音乐会与一场二十五周年纪念音乐会之间的差别。不必说，大师靠《大海》得到的掌声可不比施特劳斯少多少，这可以理解。我自己也被最后一个乐章的宏伟气势打动，鼓掌鼓得手疼。赫纳坦夫人都哭了。

“真是妙不可言。”她嘟囔着，将一张梨花带雨的脸转向我，“真是不可思议地妙不可言……”

大师退场后再次入场，优雅而灵巧，他走上指挥台的样子就像是要发出最后一击。他示意乐团起立，掌声和喝彩声更加猛烈。在我右边，那个瞎子正轻轻地鼓掌，小心不把手给拍疼。看着他不紧不慢地低头随观众一起致敬，仿若入定，对一切都不加理会，这可别有乐趣。叫好声向来只是偶尔几声，就像是个人心情的表达，现在却正从四面八方渐次响起。掌声一开始并没有音乐会前半场那么响亮，但现在，音乐已经被人遗忘，人们鼓掌不再是因为《唐璜》或《大海》（或者更确切地说，是它们所造成的震撼），而纯粹是为了大师，以及将大厅裹挟其中的共同情感，所以，喝彩已不再需要外在刺激，欢呼声越来越大，变得几乎难以忍受。我生气地看向左边，看见一个红衣女人一边鼓掌一边跑过池座的中心，停在指挥台下，就在大师的脚边。当大师再次鞠躬致意时，他惊觉红衣女人靠得太近，吓得直起了身子。接着，从顶层楼座里传来一声巨响，大师不由得抬起了头，罕见地举起了左胳膊，挥手致意。这动作让群情更加汹涌，现在，掌声里还夹杂进鞋子跺着楼座和包厢地板的轰响。这真是太夸张了。

没有设中场休息，但大师还是退场休息了两分钟，我站起身来想把音乐厅看看清楚。湿热的环境和激动的心情已经让大部分观众狼狈得就像一只只冒着汗的对虾。几百条手帕像海浪一样翻动着，仿佛正蹩脚地延续着我们刚刚听过的《大海》。很多人都跑向大堂，想飞快地灌上一杯啤酒或橘子汁。因为害怕错过什么，他们跑回来时差点与往外走的人撞上。池座的主出入口相当混乱，但是并没有人起争执，人们都感觉到一种无可比拟的善意，或者更确切地说，他们都怀着一种强烈的感动之情，这让大家惺惺相惜、心心相印。赫纳坦夫人因为太胖而无法在她的座位上活动自如，她把那张酷似萝卜的脸凑到我旁边，而我一直站着。“妙不可言，”她一直说，“太妙不可言了。”

当大师回来时，我几乎有些高兴，因为眼前这一群人让我觉得既可怜又恶心，而我却是其中的一员，这一点可无法推脱。在所有人中，只有大师和乐手们还算得上体面。还有跟我隔了几个座位的那个瞎子，他僵直着身子，没有鼓掌，优雅专注，不卑不亢。

“《第五交响曲》，”赫纳坦夫人在我耳边呵着气说，“悲怆的极致。”

我觉得那更像是一部电影的名字。我闭上眼睛，也许，在那一刻，我在试图模仿那个瞎子，他是我身边这一堆黏糊糊、软绵绵的蠢物中唯一有灵性的存在。当我看见绿色微光像燕子一样掠过我的眼皮时，《第五交响曲》的第一段就像一把掘土锹一样砸到了我的头上，让我不得不睁开眼睛。大师神情优雅，目光锐利，几乎称得上是英俊。他让乐团全力奏鸣，乐音腾空而来。掌声之后，观众刹那间陷入一片沉寂；我简直确信大师早在人们向他致意时就开始发动这趟音乐航班了。第一乐章在我们头顶飞掠而过，挑起火热的记忆，再现其中深意，奏出朗朗上口的旋律。第二乐章，指挥得精彩万分，在音乐厅里回响，厅里的空气仿佛已被点燃，但那是一团无形的冰火，从内而外燃烧着。第一声尖叫响起时，几乎没人听到，因为那是一声短促的闷哼，但是那女孩就坐在我前面，她的抽搐还是吓了我一跳，与此同时，在一片管弦和鸣声中，我听到了她的尖叫。一声短促而沙哑的尖叫，如同爱之痉挛或癔症发作。她的头向后仰倒，靠在皇冠剧院那仿佛独角兽青铜器般的池座座位上。同时，她的双脚发疯似的跺着地板，而她身边的人则紧紧地抓住她的双臂。我听到从上层楼座的第一排传来另一声尖叫、另一下跺脚声。大师结束了第二乐章，直接开始了第三章。我正疑惑，近距离沉浸在乐团高声演奏中的指挥能不能听见观众席上的尖叫？前排的女孩正渐渐地折起身体，有人（也许是她母亲）一直拉着她的一只胳膊。我本想帮忙，但是，在演奏会中，多管前排陌生人的闲事可是麻烦得很。我想跟赫纳坦夫人说说，因为女人都特别会处理这种突发情况，但是，她正两眼紧盯着大师的脊背，陶醉在音乐之中。我觉得她的嘴下面、下巴上有什么东西闪闪发光。然后，我就突然看不见大师了，因为前排一位穿着无尾礼服的先生挺起了他那胖乎乎的背脊。竟有人在乐章演奏到一半时起身，这是很奇怪的，而那几声尖叫，还有人们对那歇斯底里的女孩的置之不理，也很奇怪。有什么东西像一块红色斑渍似的，引得我看向池座的中央，我再次看见了中场休息时跑到指挥台下去鼓掌的那位女士。她慢慢地往前走着，身子笔直，我却觉得她是弯着腰走的，也许是因为她走路的姿态，那是一种缓慢的、催眠般的前进，好像是要准备起跳似的。她紧盯着大师，有一瞬间，我看见了她眼中燃烧着的火光。有一个男人从座位中走出，开始跟着她走。现在，他们走到了第五排，又有三个人加入了他们的队伍。音乐快结束了，大师带着无比的冷硬甩出最后一段的头几个和弦，一声声乐音就像雕塑般同时拔地而起，高耸而立的、或雪白或翠绿的柱子，一幢用声音铸成的卡纳克神庙[①]，那红衣女子与她的追随者们正一步步穿过它的中殿。

在乐团的奏鸣声中，我又听到了一声尖叫，但是这一次，喊声来自右边的一间包厢。随之而来的是起头的几下掌声，它已再也无法自抑，盖过了乐音，仿佛在雄浑阳刚的乐团与婉转承欢的音乐厅之间持续不断的激情喘息中，音乐厅已不再愿意等着乐团享受，转而陶醉于自身的欢愉，她呻吟着、扭动着，因无法承受的快感而尖叫。我在自己的座位上无法动弹，只感觉到在我身后似乎起了阵阵骚动，感觉到有人正与穿过池座中央的红衣女子及其追随者平行前进。红衣女子一行已经走到了指挥台下，就在这时，大师像斗牛士将整把剑刺进公牛的身体一样，把指挥棒插入了最后一道音乐之墙，然后他筋疲力尽地弯腰向前，就好像颤动的空气已用最后一次冲击将他顶伤。当他直起身来的时候，整个音乐厅的人都站了起来，我也一样，整个空间就像是一块被林叶般尖利的

①位于埃及，是底比斯最为古老的庙宇。

长矛瞬间捅碎的玻璃，掌声、尖叫声混为一体，粗野异常，溢满了音乐厅，但同时又彰显出某种恢宏，就像狂奔的公牛群或者类似的东西。观众从四面八方汇集到池座区，我毫不惊讶地看见两个男人从楼上包厢跳到地上。赫纳坦夫人在尖叫，就像被踩了一脚的老鼠，她已经从座位上挪了出来，正大张着嘴，将双臂伸向舞台，嚷叫出她的激动之情。到那一刻为止，大师一直都是背对着大厅的，近乎不屑一顾，只是看着他的乐手们，带着可能的赞许。但现在，他慢慢地转过身来，低下头，第一次致意。他的脸很苍白，好像累坏了似的，我心想（面对着周遭这一片狂热地狱的群魔乱舞、光怪陆离，我正百感交集、千思万绪），他可能要晕倒了。他第二次致意，然后看向右边，那里有一个穿无尾礼服的金发男子刚刚跳上舞台，他后面还跟着另外两个人。我觉得大师好像正作势要走下指挥台，但是我随后发现他的动作像是一阵痉挛，就像他想甩脱什么似的。红衣女子的双手攥住他的右脚踝，抬起脸望向大师。她在尖叫，至少我看见她大张着嘴，我估计她在尖叫，就和其他人一样，也许我也一样。大师垂下指挥棒，用力地挣脱，他在说着什么，但是根本听不清楚。红衣女子的一位追随者已经抱住了大师的另一条小腿，大师转向他的乐团，好像在寻求帮助。乐手们都站在那里，站在一片东倒西歪的乐器中，站在舞台耀眼的灯光下。池座中的男男女女们从舞台两边爬上来，乐谱架随之如麦浪般倒下，再也分不清谁是乐手而谁不是。因此，当大师看到一个男人从指挥台后面爬上来时，便立刻抓住了他，让他帮自己摆脱红衣女子和她的追随者，他们的双手已经爬满了他的双腿，而就在这时，他发现那个男人并不是他的乐手，便想推开他，但是这人却抱住了他的腰。我看见红衣女子张开双臂，像是在祈求着什么。大师的身影已经消失在围绕着他、簇拥着他的人流之中。在这一刻之前，我一直带着一种又惊恐又好笑的心情看着这一切，可我对现在的情况是彻底找不着北了。就在这一刻，我右边一声尖利的叫声吸引了我的注意力，我看见那个瞎子站起身来，把双臂舞得像风车，呼唤着、恳求着、哀乞着什么。这太过分了，我再也看不下去了，我觉得自己也融入了这场情绪决堤的洪水之中，便也跑向了舞台，从边上跳了上去。此时，一群人正如痴如狂地围着小提琴手们，抢过他们的乐器（可以听见乐器就像巨大的棕色蟑螂一样发出咯吱作响、被踩爆的声音），开始把他们从舞台拖向池座区，那里有其他人正等着拥抱乐手、再将他们淹没在混乱的人流中。这很奇特，但是我一点也不愿意投入这样的激情表达之中，我只想待在一旁，看着发生的一切，因为我已经被这场前所未有的献礼震慑住了。不过，我还有足够的理智来问自己，乐手们为什么没有掀开横幕飞快地逃开，但我立刻明白那是不可能的，因为观众已经成群结队地堵住了舞台的两翼，形成一道移动的包围圈，他们踩过乐器、踢飞乐谱架，不断地前进，一边鼓掌一边叫嚷，那巨大的喧哗声震耳欲聋。我看见一个胖子向我跑来，手里拿着他的单簧管。我有点想等他过来时把他拽住或者绊倒，好让观众能够抓住他。我还没决定好，就有一个脸色发黄、低领口上成堆珍珠乱颤的夫人经过我身边，怨恨而愤懑地看了我一眼。她抓住了那个单簧管手，他虚弱地尖叫着，试图护住他的乐器。两个男人合力抢过他的乐器，乐手只能任由自己被带到池座区的一边，而那里已混乱到了极点。

现在，叫喊声已盖过了掌声，人们都忙着拥抱和拍打乐手们，没法鼓掌。因此，喧哗声变得越来越尖利，时不时还会爆发出一声声货真价实的号叫，其中有几声，我仿佛听到了只有疼痛才能带出的特殊音色，这让我怀疑是不是有人在乱跑乱跳时摔断了胳膊或腿脚。我也冲回池座区，因为舞台现在已经空了，乐手们被他们的崇拜者们抓着带向四面八方：有的去往楼上包厢，那里隐约现出一片混乱、骚动；有的去往通向大堂的狭窄走廊。最激烈的呼号是从楼上的包厢区传来的，乐手们仿佛抵不住这么多双手臂的推挤和勒压，只能绝望地哀求观众让自己喘口气。池座区的人们都挤在阳台式包厢的入口处，我也穿过成排的座位跑向其中一个包厢，这时的场面更加混乱了，灯光突然暗了下去，只余下一丝红色微光，让人连彼此的脸都看不大清，身体更是化为癫狂的暗影、模糊的轮廓，彼此推挤着，或是试图分开，或是努力汇合。我好像在我这一边的二楼包厢里瞥见了大师的银发，但他立刻消失了，就好像有人拖着他跪了下去似的。我听到近旁传来一声喑哑但暴烈的叫喊声，看见赫纳坦夫人和埃佩法尼亚家的一个姑娘正匆匆跑向大师所在的包厢。我现在已经很肯定，大师就在那个包厢里，正被红衣女子和她的追随者们团团围住。埃佩法尼亚小姐十指交叠，做成个镫子，赫纳坦夫人无比灵巧地把一只脚踩上去，一头扑进了包厢中。埃佩法尼亚小姐看了我一眼，她认出了我，冲我喊了句什么，也许是要我帮她爬上去，但是我没理她，离那包厢远远的，不想去跟那些激动发狂、彼此猛力推挤的人争这块香饽饽。卡约·

罗德里格斯之前将乐手们拖到池座里的那股猛劲儿让他在舞台上十分抢眼，但他也刚被人用圆号一挥磕破了鼻子，满脸是血，正摇摇晃晃地乱撞。我可一点也不替他难过，就连看见那瞎子在地上乱爬，到处撞上座位，迷失在这片难辨东西的密林中，我也不觉得难过。我已经不再在乎任何事，只想知道这一片叫喊声能不能快点停下来，因为包厢那边还在发出刺耳的叫声，而池座里的观众们则不知疲倦地齐声应和着，与此同时，每个人都想把别人挤开，试图从什么地方钻进包厢里。很明显，外面的走廊已经水泄不通，因为最猛烈的攻击都是从池座发起的，人们都想像赫纳坦夫人一样跳上去。我看着这一切，感受着这一切，但与此同时，我却没有半点加入这场疯狂行动的意愿。因此，我的无动于衷让我产生了一种奇怪的负疚感，好像我的行为才是那天晚上绝对的、终极的丑行。我在一处空座位上坐下，任时间分分秒秒过去；与此同时，虽然我不言不动，却仍然注意到巨大而绝望的呼号声正逐渐降低，注意到尖叫声正逐渐减弱、终于消失，注意到有一部分观众正惶惑地嘟囔着退场。当我觉得自己能走出去时，我便离开了池座的中心，穿过通向大堂的走廊。有几个人走起路来像是喝醉了酒，一边用手帕擦着手或嘴，一边把礼服拉拉平，把衣领理理好。在入口大堂里，我看见几个女人正在找镜子、在钱包里乱翻。其中有一位肯定是受了伤，因为她的手帕上有血。我看见埃佩法尼亚家的姑娘们跑了出去，她们似乎仍在因为没能爬进包厢而怒气冲天，她们看看我，好像那是我的错似的。我估计她们应该已经在外面了，这才开始往出口的台阶走。就在这时，红衣女子和她的追随者们出现在大堂中。跟先前一样，男人们走在她身后，他们像是在遮掩着彼此，以免让别人看见他们已经破破烂烂的衣服。但是那位红衣女子却走在前头，目光倨傲。当她经过我身边时，我看见她用舌头舔过双唇，用舌头慢慢地、贪婪地舔舐过噙着笑意的双唇。

II

基克拉泽斯群岛[1]的神像

“你听不听，我都无所谓。”索摩萨说，“事实就是这样，我觉得应该让你知道。”

莫朗一惊，就好像他刚刚从很远的地方回来似的。他记得，在他神游太虚之前，他正在想索摩萨肯定是发疯了。

“不好意思，我走了会儿神。”他说，“你得承认，这一切……总之，到这里来，见到你正处于这种……”

不过，理所当然地认为索摩萨发了疯也太轻率了。

“是啊，说都说不清楚。”索摩萨说，“至少我们说不清楚。”

他们对视了一秒钟，莫朗首先别开了目光，而与此同时，索摩萨的声音再一次响起，语调里不带一点起伏，就像那种

①位于爱琴海南部。基克拉泽斯（Kyklades）意为“环状”。

听过就忘的晦涩讲解。莫朗不愿意看他，但这样就不得不盯着柱子上的小雕像看了。这就像再次回到了那个伴着知了鸣唱声、染着青草气息的金色午后，那时，索摩萨和他竟意外地在岛上挖到了那座小雕像。他记得，几米之外，在那块可以远远望见帕罗斯岛海岸线的巨石上，特蕾丝一听到索摩萨的喊声就转过头来，她犹豫了一秒钟，便向他们跑了过去，忘记了她还把她的红色比基尼[1]胸罩拿在手上。她在井边弯下腰，索摩萨的双手伸出井口，举着被霉斑和腐烂物糊得几乎面目全非的小雕像。莫朗又好气又好笑地冲她嚷嚷，叫她穿上衣服。特蕾丝直起身子看向莫朗，好像不明白他的意思，然后，她突然背过身去，用双手挡住胸口。与此同时，索摩萨把小雕像递给莫朗，跳出了井外。莫朗几乎立马就回忆起了接下来的那几个钟头，想到了湍流岸边露营帐篷中的那一晚，想到了在月光下的橄榄树间行走的特蕾丝的身影。如今，索摩萨单调的声音回荡在几乎空无一物的雕刻工作室中，却也像是从那一晚传来的，是他记忆的一部分。那一晚，索摩萨含糊地暗示了他的荒唐愿望，而他莫朗，在两口浓稠的葡萄酒下肚以后，则开心地笑着说索摩萨是个假冒的考古学家，

①原文为法语。

是无可救药的诗人。

“说都说不清楚。”索摩萨刚刚说，“至少我们说不清楚。”

在斯克罗斯谷底的露营帐篷中，他的手曾经握着那座小雕像，不停地拂拭，直到它被时间与遗忘遮去的真容完完全全地显现（特蕾丝还在橄榄树林里为莫朗的责骂和他愚蠢的偏见而发脾气）。长夜漫漫，索摩萨向他吐露了那个荒唐的念头：他想通过除了双手、双眼和科学以外的途径来与那座小雕像建立联系。他们的谈话，有美酒相陪，有香烟缭绕，蛐蛐儿的叫声和潺潺的水声也交织其中，融合成一种无法理解沟通的模糊感觉。之后，索摩萨拿着小雕像回到他的帐篷，特蕾丝也一个人待烦了，回来睡觉。莫朗便跟她讲了索摩萨那个异想天开的念头，两人带着巴黎式的打趣口吻猜测，是不是从拉普拉塔河[1]来的人想象力都这么丰富。睡觉之前，他们俩低声谈了谈那天下午发生的事情，最后，特蕾丝接受了莫朗的道歉，吻了吻他，然后，一切就像平常在岛上或是其他任何地方一样了，他和她、上方的夜空，以及深长的沉睡。

“还有谁知道吗？”莫朗问。

---

①位于阿根廷与乌拉圭之间，实际是巴拉那河与乌拉圭河汇集后形成的一个河口湾。其流域面积为南美洲第二大，仅次于亚马孙河。

“没了。就你跟我。这样才对，我觉得。”索摩萨说，“最近这几个月，我几乎没离开过这里。一开始，有个老太太会来收拾工作室、替我洗洗衣服，但是她让我不自在。”

“能就这样住在巴黎郊外，挺不可思议的。这么安静……嘿，可你至少还要到镇上去买粮食呀。”

“像我刚才说的，以前是的。但现在已经没这必要。那里，一切应有尽有。”

莫朗看看索摩萨手指的方向，就在小雕像和弃置在架子上的众多复制品再过去一点的地方。他看到木材、石膏、石材、锤子、灰尘，还有窗户玻璃上的树影。手指似乎指向了工作室中的一个角落，那里空空的，地上只有一块脏抹布。

但是，其实一切都没怎么改变，他们分开后的那两年也是时光中一片空空的角落，他们之间应该说却没有说过的一切就好比是那块脏抹布。群岛上的探险，那场在圣米歇尔大道上一家露天咖啡座上萌生的浪漫疯狂之旅，在他们从谷中废墟里找到那座雕像后立刻结束了。也许是对被人发现的恐惧消磨掉了最初那几个星期里的快乐心情，而有一天，三人去沙滩时，莫朗无意中看见了索摩萨的一个眼神。那天晚上，他跟特蕾丝商量了一下，两人决定尽快回去，因为他们很敬重索摩萨，而他现在——这么毫无预兆地——正忍受着痛苦，两人觉得这样太不应该了。回到巴黎，他们还是偶尔见面，几乎都是因为公事，不过，总是莫朗一个人去赴约。第一次见面时，索摩萨问起过特蕾丝，之后，他似乎就无所谓了。他们之间没有说出口的一切让两人，也许是三人，备感沉重。莫朗同意由索摩萨保管那小雕像一段时间。几年内都没法将这雕像卖掉；一个叫马克斯的男人认识一位上校，这位上校认识一位雅典海关人员，马克斯就把这个期限定为收受贿赂的附加条件。索摩萨把雕像带回了他的公寓，莫朗每次跟他见面时都会看见它。他们从来没说起过邀请索摩萨去拜访莫朗夫妇，就像其他很多他们也不再提起的事情一样，说到底，就是所有跟特蕾丝有关的事。索摩萨似乎只关心他的执着念头，就算他有时请莫朗到他的公寓喝杯白兰地，也只是为了旧话重提。这一点也不稀奇，毕竟，莫朗太了解索摩萨对于某些边缘文学的喜好了，因而并不会觉得他对此念念不忘很奇怪。在他那种几乎是自动自发的剖白过程中，莫朗觉得自己其实可有可无。只是，看着索摩萨的双手一遍遍抚摸着那尊虽面无表情却十分美丽的雕像的小小躯体，听着他用单调的声音不厌其烦地重复着千篇一律的神神道道，莫朗惊讶于那股愿望竟如此狂热。在莫朗看来，索摩萨的执迷不悟不是毫无缘由的：在某种意义上，考古学家都会对他所探索、所发现的过去有认同感。因此，他才会相信，与那样的时光留痕密切联结，可以让时空抽离、改变，能打开一条裂缝通向……索摩萨其实从没这么说过，他所说的都很模棱两可，是一种不着边际的影射、毫无根据的猜想。那个时候，他已经开始笨手笨脚地制作小雕像的复制品了。莫朗在索摩萨离开巴黎之前看到了第一件，他出于友情，礼貌地听了索摩萨执着地老调重弹——他要通过反复描摹那些表情和姿态来返璞归真，自己不懈的尝试一定会让他与原初世界合为一体，达到一种质的飞跃，因为到时就不再有二元相对，而是完全的融合，本真的感应（这不是他的原话，但是，这之后，当莫朗为特蕾丝重新组织这些话时，他总得用某种方式将它表达出来）。而这种感应，就像索摩萨刚刚告诉他的那样，已经在四十八个小时之前、在夏至的晚上形成了。

“好的。”莫朗一边点燃另一根香烟一边同意道，“但我还是希望你能解释一下，为什么你会这么确信……呃，确信你已经到达顶点。”

“解释……难道你看不出来吗？”

他再次把手凌空一挥，指向工作室的一个角落，在天花板和小雕像之间画出一道弧线，那尊小雕像就放在一根大理石细柱上，聚光灯的三角光区笼罩着它。莫朗没来由地想起，特蕾丝把小雕像带过边境时曾把它藏在一只玩具狗里，那是马克斯在布拉卡区的一个地下室里做成的。

“不可能不是这样，”索摩萨几乎有些天真地说道，“每做一尊新的复制品，我就更加接近它一些。那些形态逐渐向我袒露其内中神髓。我的意思是……啊，跟你解释这个得花上好几天……荒唐的是，在那里，一切都会进入一种……但是，如果是这样的话……”

他的手来回挥动，强调着“那里”和“这样”。

“事实上，你已经成了个雕塑家啦。”莫朗说，听到自己说话，他觉得自己真蠢，“最新的两件复制品很完美。要是你哪天把雕像给我，我永远也不会知道你给我的是不是真品。”

“我永远都不会把它给你的。”索摩萨干脆地回答道，“你别以为我已经忘记了它是属于我们两个人的。但是，我永远都不会把它给你的。我唯一盼望的只是特蕾丝和你能跟着我，和我在一起。是的，我本希望我到达那里的那一晚，你们俩能跟我在一起。”

这是将近两年来莫朗第一次听见他提起特蕾丝，就好像在此之前，她对他而言已经死了。但是，他提到特蕾丝的那种方式还是怀旧得无可救药，还像是在希腊的那个早上，当他们下到沙滩上时一样。可怜的索摩萨。他仍然……可怜的疯子。但是，更奇怪的是，他琢磨，为什么到了最后一刻，在他接到索摩萨的电话上车以前，他竟会觉得好像必须得给特蕾丝的办公室打个电话，让她迟一些过来工作室这边跟他们会面。他一定得问问她，在听到他告诉她怎么来到小山上这座僻静的小楼时，她都想了些什么。他要让特蕾丝一字不差地把她听到自己所说的话复述出来。莫朗暗自痛骂自己这种偏要像修复博物馆中的希腊陶瓶一样重现生活轨迹的条理癖，他必须得细致地将小小的碎片都拼凑起来。而索摩萨的声音就在那里，还有他来回挥动的双手，好像他也想拼贴空气的碎片，做成一只透明的瓶子。他的双手指着小雕像，让莫朗不由得再一次看向了那只史前小东西的月白色身躯，它是在难以想象的环境中被遥远得不可思议的某人雕琢而成的，距今几千年，也许更久远。在那让人目眩的远古，有鸟兽奔跳、吼叫，有跟随潮汐律动的植物盛典，还有星宿、发情期，以及朴拙的生祭。他看向那张毫无表情的脸庞，它如同一面空洞的镜子，紧绷到极点，只有鼻梁的线条将那镜面打破；他看向那对不怎么明显的乳房、三角形的私处、环抱着小腹的双臂。这是原初的神像，她代表着祭神时节那些仪式背后暗涌着的本能恐惧，山中祭台上宰杀祭品的石斧为她而落。这真的让人觉得他自己也变蠢了，好像当个考古学家还不够糟糕似的。

“拜托了，”莫朗说，“就算你认为这一切都无法解释，你就不能努把力给我解释一下吗？说到底，我只知道你这几个月一直都在刻制复制品，还有两天前的晚上……”

“很简单，”索摩萨说，“我一直感觉那另一个世界仍然鲜活地存在着。但是，首先得回溯五千年来走过的错路。奇特的是，就是他们自己，爱琴海人的后代们，犯下了这个错误。但是现在一切都不重要了。看，就是这样。”

在那尊神像旁边，他抬起一只手，轻轻地放在她的乳房和腹部，另一只手抚着脖颈，再往上触摸到雕像那并未被描刻的嘴。莫朗听见索摩萨在用一种低沉暗哑的声音说话，有点像是他的双手——或者也许是那张并不存在的嘴巴——在诉说着那烟雾弥漫的洞穴中的狩猎、那奔逃无路的鹿群、那尚不能直呼的名字、那由蓝色油脂画成的圆圈、那两河并行的嬉戏交错、那波赫克文明的伊始，以及去往西方石阶和不祥暗影中的高地的远征。他心想，若是趁索摩萨不注意时打个电话，是否还来得及让特蕾丝把韦尔内医生一同叫过来。但特蕾丝应该已经在路上了，而在岩石边，女神在吼，牧民首领正割下最壮美的公牛的左边犄角，将它递给盐民首领，以此重修与哈伊莎女神的契约。

“嘿，让我喘口气。”莫朗说，他站起身，往前跨了一步，“这令人难以置信，而且我渴得要死。我们喝点什么吧，我可以去找一点……”

“威士忌就在那里。”索摩萨说，一边慢慢地把手从雕像身上收回来，“我不喝，我在献祭之前得斋戒。”

“真遗憾。”莫朗一边找酒瓶一边说，“我一点也不喜欢一个人喝酒。什么献祭？”

他将威士忌一直倒满至杯沿。

“按你的话来说，是为融合而做的献祭。你没听见吗？那是双笛，就跟我们在雅典博物馆里看见的那尊小雕像上的那支一样。生命之音在左边，不和之音在右边。对哈伊莎而言，不和也是生命，但是，献祭一旦完成，笛手们就不会再在右边笛管里吹奏了，从此便只会听见新生命的笛声，这生命饮下了流淌出来的鲜血。笛手们会满嘴充溢着鲜血，将血从左边笛管吹出，而我会用血涂上她的脸，你看，就这样，在鲜血之下，她的双眼和嘴就会显现。”

“别再说傻话了。”莫朗灌下一大口酒，说道，“血可不适合我们的大理石神像。是的，很热。”

索摩萨已经不紧不慢地脱下了衬衫。当莫朗看见他解开裤子纽扣时，他心想自己本不该由着他这么兴奋，不该纵容他的狂热发作。干瘦黝黑的索摩萨赤裸裸地站在聚光灯下，似乎正陶醉于对空间中某一点的注视。从他微张的嘴里，滴出一线口水。莫朗猛地将酒杯往地上一放，他想着，要走到门口，就必须得想个法子骗过索摩萨。他一点也不清楚索摩萨手中晃动着的石斧是从哪里冒出来的。他蓦地明白了。

“早该看出来了，”他说着，一面慢慢往后退，“与哈伊莎的契约，嗯？那鲜血就由可怜的莫朗来提供，不是吗？”

索摩萨并不看他，而是开始绕着圈向他靠近，好像正遵循着一条既定的路线。

“你要是真的想杀我，”莫朗冲他大喊，一边向暗处撤退，“何必弄出这些玄虚？我们俩都很清楚，这是因为特蕾丝。但是，她从没爱过你，也永远不会爱你，你这又是何苦呢？”

赤裸的身体已经从聚光灯下的光圈中走了出来。莫朗躲到角落的暗影中，踩着地上湿漉漉的抹布，他明白自己已经无路可退。他看见斧子高举，便像流[1]在岱纳广场的体育馆里教过他的那样跳了起来。索摩萨大腿中部中了一脚，脖子左侧挨了一劈。斧子斜飞出去，扔得老远。莫朗灵活地挡开倒向他的身体，抓住了那毫无防备的手腕。当斧刃落到索摩萨额头中央时，他还在低哑惊恐地尖叫。

再次看向索摩萨之前，莫朗在工作室的角落里吐了出来，就吐在那块脏抹布上。他觉得像被掏空了似的，吐一下让他感觉好些了。他从地上把杯子拿起来，喝掉了剩下的威士忌，想着特蕾丝随时都可能来，他得做点什么，通知警察，解释清楚。他一面抓起索摩萨的一只脚拖着尸体，让它完全暴露在聚光灯光下，一面想着要证明自己是正当防卫并不困难。索摩萨古里古怪，与世隔绝，明显是疯了。他弯下腰，将双手放在死者脸上和头发上流淌的鲜血中浸湿，同时看看手表，七点四十了。特蕾丝不会耽搁太久的，也许最好出门到花园里或街上去等她，不让她看到神像脸上流着鲜血的一幕，那些顺着脖子往下淌滑的细细红线，沿着乳房的边缘，在阴部

①流（Nagashi），日语人名。

那小小的三角区汇合，再顺着大腿滴流而下。斧子深深地嵌入祭品的头颅，莫朗将它拔出来，用黏糊糊的双手掂了掂。他用一只脚把尸体再推过去了一点，让它抵着柱子。他嗅了嗅空气中的气味，然后向门口走去。最好把门打开，让特蕾丝能够进来。他把斧子倚在门边，开始脱衣服，因为这里很热，而且这股味道让人喘不过气，仿佛屋子里挤满了人。他已全身赤裸，这时他听到出租车的声音，听到特蕾丝的声音引领着笛子的乐音，他关上灯，手里拿着斧子在门后等着，他一边舔着斧刃一边想着，特蕾丝真是准时极了。

一朵黄花

听着像玩笑话，但我们确实是永生不死的。我是通过反向推理知道这一点的，因为我认识那个唯一难逃一死的人。他在康布罗纳路上的一家小餐馆里跟我讲了他的故事，当时他喝得很醉，所以，虽然店老板和吧台旁的食客们笑得都快把酒从眼睛里喷出来了，他仍能轻松地吐露真情。他肯定从我脸上看到了某种好奇，因为他坚定地坐到了我旁边，我们后来甚至还奢侈地要了角落里的一张桌子，以便安静地喝喝酒、聊聊天。他对我说，他从市政府退休了，老婆回她娘家住了有一阵子，这是用来表示她已经抛弃他的众多说法之一。他一点也不老，也不蠢，脸庞干瘦，眼睛看着像是得了结核病似的。他是真的在借酒消愁，五杯红葡萄酒下肚后，他便一直这样大声地宣称。在他身上，我没有闻到巴黎人特有的那种气味，而那似乎只有我们外国人能闻得到。他的指甲保养得很好，也没有一点头皮屑。

他说，他曾在95路公交车上见到过一个大约十三岁的男孩儿。见到那男孩儿的一瞬间，他就发现这个男孩跟他很相像，至少跟他对自己在那个年龄时的记忆很像。渐渐地，他意识到他们俩在所有方面都很相像：脸、手、落在额前的那绺头发、分得很开的双眼，尤其是那股羞怯、那副把自己藏在一本漫画杂志后面的样子、那个把头发往后抹的动作，还有行动时那种无可救药的笨拙。两人相像得让他简直想笑。当男孩在雷恩路下车时，他也跟了下去，把一个还在蒙帕纳斯等着他的朋友晾在了一边。他找了个理由跟男孩攀谈起来，向男孩打听一条街，然后，毫不意外地，他听到的声音就是他自己童年时的声音。男孩正往这条街走，两人很不好意思地一起走了几个街区。突然，他恍然大悟。一切都无从解释，但是这种事本就不用解释，若是试图解释它，就像现在，它反倒会变得含糊不明，愚蠢至极。

长话短说，他千方百计找到了那男孩的家，借着曾经做过童子军指导员给他带来的威信，他攻入了这座固若金汤的堡垒：一个法国家庭。他看见的是一户虽贫寒却还体面的人家、一位沧桑显老的母亲、一位退休的舅舅，以及两只猫。然后，他没费什么劲儿就让他的一个兄弟把自己十四岁上下的儿子托管给了他，两个男孩成了朋友。他开始每个星期都去卢克的家，卢克的母亲用煮过头的咖啡来招待他，他们聊战争，聊军事占领，也聊卢克。原先的顿悟渐渐完整清晰，有了一种显明的轮廓，人们喜欢称之为命运。甚至可以说得更通俗一点：卢克就是他重生的模样，不存在必死的宿命，我们都是不死之身。

“全都是不死的，老伙计。您看看，从来没人能证明这一点，却让我给撞上了，在一辆95路车上。一个运转上的小错误、一个时间的褶皱，重生体与前世之身竟同时在世，而不是接续出现。卢克本应该在我死后再出生的，但是……更别提我竟然在公共汽车上遇见他这个惊人的巧合了。我相信我已经跟您说过，那是一种无须言语的、全然的确信。就这么回事，结了。可是，疑虑却也随之产生，因为在那种情况下，人们要么会以为自己傻掉了，要么会开始吃安定药。而随疑虑而生的，是在将疑虑逐个消除的过程中出现的种种证据，证明我没有搞错，证明我不必再有疑虑。有时候我也会想跟那些蠢货聊聊，而我现在要跟您说的正是让那些蠢货笑得最厉害的地方。卢克不仅仅是我的重生体，他的未来也会跟我——这个正在跟您说话的可怜虫——一模一样。只要看看他玩耍的样子，看看他每次摔跤都伤得很重，扭到一只脚或是锁骨移位的模样，看看他那些明摆在脸上的心思，以及有人随便问他什么事情时那股涌上他脸庞的红晕，就足够了。而他的母亲却多么喜欢聊天，即使那男孩就在那里羞得要死，她也会口无遮拦地说他最不可思议的隐私，说他长第一颗牙时的趣事，说他八岁时的画作和生过的各种病……那好心的夫人一点也没有怀疑，这是当然，他舅舅也常跟我下国际象棋，我就像是家里的一分子，我甚至垫钱帮他们撑到月末。我毫不费力地了解了卢克的过去，只需要把问题穿插在大人们感兴趣的话题中：舅舅的风湿、女门房的坏心眼儿、政治。就这样，我在象棋将军和思考肉价的间隙逐步了解了卢克的童年；就这样，证据更加完备确凿了。但是，请您理解（我们再要一杯酒吧）：卢克就是我，就是小时候的我，但是您也别把他想象成一模一样的复制品。倒不如说他是一个相似的镜像，明白吧，就是说，我七岁时手腕脱臼，卢克却是锁骨脱臼；九岁时，我们分别得了麻疹和猩红热；而且时代也会有影响，老伙计，我的麻疹持续了十五天，而卢克才四天就被治好了，医学的进步，诸如此类。一切都很相似，所以说，打个比方，街角面包店的老板很有可能就是拿破仑的一个重生体，他对此一无所知，因为这个顺序并没有被打乱，因为他永远不可能会在一辆公交车上撞见真相；但是，如果他不知怎么发现了这个真相，就会明白他是在重蹈覆辙，是在重走拿破仑的老路，他会明白从洗碗工变成蒙帕纳斯一家上好的面包店的老板就是从科西嘉一跃坐上法兰西王位的写照，若是慢慢深究他一生的过往，他就会发现那些可以与埃及之战[①]、执政府时期[②]和奥斯特里茨[③]战役对应的时刻，他甚至会明白在几年内他的面包店就会遇上不测，他最后会流落到圣赫勒拿岛[④]，不过到他这儿可能就是六层楼上的一间

①拿破仑于 1798 年受命远征埃及，5 月，他在金字塔战役中以少胜多，这是他一生中的重大胜利之一。8 月，他在尼罗河河口与英军决战时惨败，舰队被完全摧毁，困在埃及，次年回国时，四百艘军舰只剩下两艘。

② 1799 年 11 月 9 日，拿破仑发动雾月政变，成为法兰西第一执政。执政府指 1799 年督政府被拿破仑政变推翻后至 1804 年拿破仑成为法兰西皇帝前的政府，虽有三名执政，但实权掌握在第一执政拿破仑手上。

③位于今捷克境内。1805 年，法军在奥斯特里茨战役中取得胜利，瓦解了第三次反法同盟，并迫使奥地利取消了神圣罗马帝国的称号。

④ 1815 年 6 月 18 日，拿破仑遭遇滑铁卢战败，之后便被流放到大西洋上的圣赫勒拿岛。

小屋，但同样是一败涂地，同样被孤独淹没，同样为他那曾经宏图大展的面包店而骄傲。您明白了，对吧。”

我明白了，但我提出，我们小时候都会在某个特定时期得些特有的病，我们踢足球时几乎都会跌破些什么地方的。

“我知道，我刚刚只跟您谈了谈表面的相似之处。比如说，卢克跟我长得像，这一点对于公共汽车上的顿悟来说很重要，但它本身并不重要。真正重要的是一连串事件发生的顺序，这很难解释，因为其中涉及性格、模糊的记忆和童年的轶事。那时候，我是说我在卢克那个年纪的时候，我已经度过了一个病痛缠身的痛苦时期，之后，我还在恢复期中，就跟朋友们去玩，摔断了一只胳膊，而刚刚过了这一关，我又爱上了一个同学的妹妹，很受煎熬，面对不停奚落自己的女孩时不敢直视她眼睛的人都受过这种苦。卢克也生过病，他刚好没多久，就有人请他去看马戏团演出，在下台阶时他滑了一跤，一个脚踝脱臼了。不久后的一天下午，他母亲撞见他在窗边哭泣，手里攥着一条蓝色的小手帕，那条手帕可不是家里人的。”

在这个世上总得有人当反方，因此我说，小的时候总会受伤、生病，青涩的恋爱更是必不可少。但是，我也承认，飞机那档子事就不一样了。那是一架带弹簧螺旋桨的飞机，是他送给男孩的生日礼物。

“把飞机送给他时，我想起了我十四岁时母亲送给我的麦卡诺[1]和我的遭遇。当时，虽然一场夏日风暴就要来临，已经听得到雷声滚滚，但我仍待在花园里，就在临街的大门旁，正在凉亭的桌子上组装一台起重机。家里有人叫我，我不得不进去了一会儿。当我回来的时候，麦卡诺盒子不见了，大门敞开着。我绝望地叫嚷着跑向大街，但是不见任何人的踪影，就在同一时刻，一道闪电劈砸在对面的房子上。这都是一瞬间的事，我把飞机给卢克的时候就在回想着这一切，而卢克盯着飞机，神情跟我当时看着我的麦卡诺时一样幸福。他母亲过来端给我一杯咖啡，我们拉了会儿家常，这时，我们听见了一声尖叫。卢克跑到窗户旁，就好像他想跳出去似的。他脸色苍白，泪水在眼里打转，好不容易才结结巴巴地说飞机飞偏了，正好飞出了半开着的窗口。‘再也看不到了，再也看不到了。’他哭着，一遍遍地说着。我们又听到下面有人嚷嚷，舅舅跑进来说对面的房子着火了。您现在明白了吗？是的，我们最好再喝一杯。”

①一款法国产创意金属拼装玩具。

接着，因为我没说话，那男人又说，他从那时起开始只想着卢克，想着卢克的命运。他母亲想把他送进一间技术学校，这样他就能兢兢业业地开拓她所谓的人生道路，但是，这条道路已经大门洞开，而只有他能跟男孩的母亲和舅舅说一切都是没有用的，不管他们怎么做，结果都是一样的：卑躬屈膝、苟延残喘的单调生活，磨破衣衫、啃噬灵魂的一次次挫败，躲在街头小馆里的自怨自艾——只是他不能这么说，否则会被人当成疯子，人们会把他跟卢克永远分开。但最糟糕的并不是卢克的命运，最糟糕的是卢克也会死，然后会有另一个人重复卢克和他自己的老样子，直到这个人死去，又会有下一个人接续这个轮回。对他而言，卢克几乎已经不再重要了，到了晚上，他难以入眠，只想着下一个卢克，想着那一个个也许叫罗伯特、克劳德或米歇尔的后继者，想着那无数的可怜虫懵懵懂懂地重蹈前人覆辙，还自以为海阔天高，人定胜天。这男人越喝越伤心，但谁也没法劝。

“后来，当我告诉他们卢克几个月以后死了的时候，他们都笑话我，他们太愚蠢了，无法明白……是的，您可别也用这种眼神看着我。他几个月以后死了，一开始是得了某种支气管炎，正如我在这年纪也染过肝炎。我当时被送去了医院，但是卢克的母亲却坚持要在家里照顾他，我几乎每天都过去，有时候，还会把我侄儿带去跟卢克玩。那一家的日子太过悲苦，因此，从各种意义上说，我的到访都是一种慰藉：卢克有人陪伴，还会有一包鲱鱼或杏仁糕。我向他们说起一家药店能给我特殊折扣，之后，他们便习惯了让我负责买药。最后，他们还允许我当起了卢克的护理员，您可以想象，在那样一个家庭里，医生来去都是漫不经心的，没有人会很在意后来的症状是不是与一开始的诊断完全符合。您为什么这样看着我？我说错什么了吗？”

不，他没说错什么，尤其是考虑到他已经喝了这么多酒。正相反，只要不自己吓自己，可怜的卢克的死不过可以证明，任何一个喜欢幻想的人都可能在一辆95路公交车上异想天开，并最终在一个默默死去的孩子病床前眼见幻想支离破碎。为了安抚他，我把这想法告诉了他。他愣了一会儿，然后又开口了：

“好吧，随您怎么说吧。事实上，在葬礼后的几个星期里，我第一次体会到某种类似于幸福的感受。我仍然时不时地去拜访卢克的母亲，给她带去一包糕点，但是我对她或是那户人家已经不怎么关心了。我好像沉浸在一股惊喜中，因为我确信自己是第一个必死之人，我确切地感觉到自己的生命正一天接一天、一杯酒接一杯酒地流逝，最后会在任何地方、任何时候结束，一丝不差地重复着天知道什么时候、什么地方的某个不知名的已逝之人的命运，但是，我的的确确会死掉，再没有一个卢克来接续这场轮回，愚蠢地重复这种愚蠢的生活。您要理解这种完满的感觉，老伙计，您该羡慕我这种今朝有酒的幸福感。”

因为，很显然，今朝很是苦短。证明这一点的，是小餐馆和廉价的葡萄酒，还有那双闪烁出心头燥热的眼睛。不过，几个月来，他一直在品味着他平庸日子的每分每秒，细细回想着他失败的婚姻、他一事无成的知命之年，当然，还有他没人能抢去的必死天命。直到有一天下午，在穿过卢森堡公园时，他看见了一朵花。

“它就开在路边上，一朵普通的黄花。我本来停下来是想点根香烟的，却看它看得出了神。有点像是那朵花也在看着我，那种触动，有时候……您知道的，谁都会有这种感觉，所谓的美。就是如此，那朵花很美，那是一朵美极了的花。而我却注定要消失，我会在某一天永远地死去。那朵花很漂亮，永远都会有漂亮的花给将来的人们看。突然，我明白了什么是虚无，我曾经以为那就是平静，是苦难轮回的终结。我将会死去，而卢克已经死了，再不会有一朵花留给像我们这样的人了,什么也不会有了,绝对不会有了。虚无就是这样，就是再也不会有一朵花。点燃的火柴烧痛了我的手指。在广场上，我跳上了一辆不知开往哪里的公共汽车，开始荒唐地四处观看，看尽了街上能看到的所有东西，看尽了公共汽车上的一切。到达终点站时，我下了车，又上了另一辆开往郊区的公共汽车。一整个下午，直到深夜，我不停地上车、下车，想着那朵花，想着卢克，在乘客中寻找某个长得像卢克的人，某个长得像我或像卢克的人，某个可能是我的重生体的人，某个一看就知道那就是我的人，然后任他离去，什么也不告诉他，这几乎就是在保护他，让他能继续他那愚昧可悲的生活，他那蠢笨失败的人生，直到下一次蠢笨失败的人生，直到再下一次蠢笨失败的人生，直到再下一次……”

我结了账。

饭后

时间，是个孩子，

在对弈中移动棋子。

——赫拉克利特，《残篇 59 号》

费德里科·莫莱斯博士的来信：

布宜诺斯艾利斯，一九五八年七月十五日 星期二

致阿尔韦托·罗哈斯先生

洛沃斯城，F. C. N. G. R.[①]

①罗卡将军国有铁路线（Ferrocarril Nacional General Roca），于 1948 年阿根廷铁路国有化运动中建成，其名得自阿根廷总统胡里奥·阿根蒂诺·罗卡（Julio Argentino Roca, 1843－1914）。

我亲爱的朋友：

像往常一样，每年的这个时候，总会有一种想再见见老朋友的强烈愿望涌上我心头。人生难测，造化弄人，朋友渐渐四散，天各一方。我相信，您也同样殷殷渴盼着来上一次会餐小聚，我们可以借此幻想彼此没有历经如此坎坷，仿佛共同的回忆能让我们短暂地重拾逝去的韶华。

很自然地，我最先就想到了您，我提早给您寄出这封信，好让它能促使您离开您在洛沃斯的庄园几个钟头，虽然那里的蔷薇花园和图书室比整个布宜诺斯艾利斯都要更吸引您。但是，请鼓起劲儿来，接受这又得坐火车又得忍受首都喧嚣的双倍牺牲吧。我们会在家里用晚餐，就像往年一样，都是些老朋友，除了……但是，我想首先定好日期，好让您心里有个数——您看，我很了解您，我已经摆好了阵势。那么，我们说好……

阿尔韦托·罗哈斯博士的来信：

洛沃斯，一九五八年七月十四日

致费德里科·莫莱斯先生

布宜诺斯艾利斯

亲爱的朋友：

在您家里那令人愉快的聚会之后，才过了几个钟头就收到这封信，您大概会大吃一惊，但是，聚会上发生的一件事让我的情绪深受影响，我必须向您坦白我的忧虑。您知道我不喜欢打电话，也不热衷于写信，但是，一有机会将方才发生的事情独自思忖一番，我就觉得给您写这封信是最合情理的，甚至是最应有的反应。老实说，要不是洛沃斯离首都这么远（在一个老病壳子眼里，路程的长短是不一样的），我相信我今天就会回到布宜诺斯艾利斯跟您谈谈这件事情。好了，闲话不提，我们说正事。不过，在此之前，亲爱的费德里科，我要再次感谢您为我们准备的绝妙晚餐，只有您才做得到。路易斯·富内斯、巴里奥斯、罗维罗萨都跟我一样，认为您真是个妙人儿（巴里奥斯如是说[①]），是个无可比拟的东道主。因此，虽然出了那样的事，我却还是对这次聚会十分满意，甚至有些留恋，这大概不会让您觉得奇怪，因为

①原文为拉丁文。

这次聚会让我得以再次与老朋友们相聚，重温那许许多多被孤独岁月渐渐消磨的记忆。

不过，我要说的事情，对您来说真的是件新鲜事吗？我一边给您写信，一边不住地想，也许是因为身为主人，昨夜您才不得不掩饰住罗维罗萨和路易斯·富内斯之间的不愉快给您造成的不自在。至于巴里奥斯，他像往常一样大大咧咧，什么也没发觉，只是无比惬意地品尝咖啡，聆听各种趣事和笑话，随时准备来点儿他那让我们大家都非常喜欢的克里奥尔式的幽默。总之，费德里科，如果这封信没有给您带来任何新的消息，非常抱歉。但无论如何，我认为我是应该写这封信的。

一到您家，我就发现，总是跟大家都很亲热的罗维罗萨却总在富内斯想跟他说话的时候避开他。同时，我注意到富内斯也感觉到了这种冷淡，找了好几次机会要跟罗维罗萨谈谈，好像想确认他的态度并不只是因为一时的走神。跟像巴里奥斯、富内斯和您这样亲切风趣的人一起吃饭，即便其他人相对沉默，也不容易为人注意。因此，我觉得很难留意到罗维罗萨只跟您、巴里奥斯和我说话——当我难得地不光聆听而更愿倾谈的时候。

到了图书室以后，我们正准备坐在炉火旁（此时，您正对您忠实的奥尔多涅兹吩咐着什么)，这时，罗维罗萨离开我们，走到一扇窗户旁边，开始有节奏地敲击窗玻璃。我跟巴里奥斯聊了两句以后——他很固执地为那些该死的核试验辩护——正准备舒舒服服地坐到壁炉旁边，这时，我无心地回过头，看见富内斯也走开去了窗户那边，罗维罗萨还站在那里。巴里奥斯已经词穷理亏，正心不在焉地看着一期《时尚先生》杂志，对那边发生的事情一无所知。由于您图书室里奇怪的传音效果，我意外地将他们俩在窗边的低声交谈听得清清楚楚。言犹在耳，因此，我将一字不漏地重复一遍。富内斯问道："哎，能告诉我你怎么了吗？"罗维罗萨立刻回答说："你去打听打听在那个大使馆里他们给你取了个什么样的绰号。我倒知道有句话很可以描尽你的丑态，但是我不愿意在别人的家里这么做。"

这番对话很不寻常，尤其是其中的语气，让我非常疑惑，以至我觉得自己像是在探人隐私，便别开了目光。这时，您跟奥尔多涅兹谈完了事情，正打发他下去；巴里奥斯则在欣赏一幅巴尔加女郎[1]的画。我没有再看向窗户那一边，却还是

---

①指秘鲁著名海报女郎绘画家阿尔韦托·巴尔加斯于20世纪40年代为《时尚先生》杂志绘制的一系列海报女郎。

听见富内斯的声音："千万拜托，我求你……"然后是罗维罗萨的声音，像鞭子一样打断了他的话："唉，这已经不是几句话就可以解决的了。"您亲切地拍拍手，邀请我们坐到壁炉旁。您抢走巴里奥斯的杂志，他当时正欣赏着其中特别吸引人的一页。在欢声笑语中，我仍能听见富内斯在说："求求你，别让玛蒂尔德知道了。"我隐约望见罗维罗萨耸了耸肩，背过了身子。您已经走到他们身边了，我猜想您也许听到了谈话的末尾。然后，奥尔多涅兹拿着雪茄和白兰地出现了，富内斯过来坐到了我旁边，我们大家接着聊天，一直聊到很晚。

亲爱的费德里科，我必须得再说一句，这件事让我心中一场如此美妙的聚会结束得不尽如人意，否则，我就是在撒谎。在如今这个充满着步步逼人的战祸、互不相通的国界和令人垂涎的石油钻井的时代，这样的指责是很严重的，从前的好日子里可不会这样。况且，它还来自像罗维罗萨这样步步为营居于高位的人，这更加重了它的分量，要否认这一点就太天真了。更别提——您也得承认这一点——被指责者的沉默与哀求也清楚地透露出默认的意味。

严格地说，无论我们的朋友之间发生了什么事，都只会间接地影响到我们。在这个意义上，这封信只不过代替了我的一番闲谈，因为当时的情况不允许我多说。我非常敬重路易斯·富内斯，因此，我很希望是我搞错了。我想，我的深居简出和孤僻常常遭到你们友善的责怪，这次可能便是它让我捕风捉影，产生了也许由您几句话就能消除的误解。但愿是这样，但愿您会一笑而过，我已经在盼着您的来信，向我证明我这次真的是头发越白、见识越浅。

您的朋友拥抱您

阿尔韦托·罗哈斯

布宜诺斯艾利斯，一九五八年七月十六日 星期三

致阿尔韦托·罗哈斯先生

亲爱的罗哈斯：

您要是想吓我，那您该高兴了：您大获全胜。虽然我不愿意相信这件事，因为我老了，还是个怀疑论者，但是我必

须承认您会通灵术，否则，我就得把您的胜利归功于更加令人惊异的巧合。总之，我愿赌服输，因此，我觉得应该完全坦承我的惊讶和困惑，让您高兴一下。是的，我的朋友，您的信寄到时，我正好在草草写下几行字，像往年一样邀请您在一两个星期后来家里吃晚饭。一个段落刚开了个头，奥尔多涅兹就拿着一个信封进来了。我立刻就认出了您从我们刚认识时就一直用的灰色信封，这种巧合让我一下子松开了手中的钢笔，就像它是条蜈蚣似的。伙计，这可真是无巧不成书啊！

不过，撇开巧合不谈，我得向您承认，您的玩笑让我不知所措。一开始，我很是惊叹于您竟然猜中了所有的细节：首先，您猜到我不久就会向您发出到家里共进晚餐的邀请；其次（这一点已经让我惊呆了），您断定我今年不会邀请卡洛斯·弗雷尔斯。您是怎么猜到我的心思的？我本想，大概是俱乐部里的什么人跟您说过弗雷尔斯和我在农业条约那档事之后就疏远了，但是，话说回来，您可是住得很远、不跟任何人来往的呀……总之，我对您的分析天才佩服得五体投地，如果能称之为分析的话。我倒觉得这更像是魔法，而我就在给您写信的当口收到了您的信，这正是神奇地为我的这种想法添上了形象的注释。

不管怎么说，亲爱的阿尔韦托，您高超至极的创造力也有让我担忧的另一面。您这样含沙射影地指责路易斯·富内斯有什么目的？据我所知，你们一直是很好的朋友，即使生活让我们大家都走上了不同的道路。如果您真的有什么想责备富内斯的，您为什么要写信给我，而不是给他呢？最后，您的指责为什么没包括罗维罗萨？毕竟，作为他最亲密的朋友，我们都知道他在外交部担有特殊职务。但您没有这么做，倒是来了个三球连击式的复杂把戏，这其中的目的我这会儿不愿意深究。我无比真诚地向您坦承，面对这样的行径我非常不安，我无法相信这纯粹是个玩笑，因为这关乎我们一位挚友的名誉。我一直认为您是一位正直、忠诚的人，正是您的这些品质让您在腐败横行、贿赂当道之时躲到了一个偏僻的庄园中，躲到了比我们更加纯洁的书籍和花朵之中。因此，虽然我很佩服，甚至很享受您在信中设下的巧合或是猜谜游戏，我每次重读这封信时还是会不由自主地有一种不安的感觉，我们之间友谊的定义本身似乎都因此受到了威胁。请您原谅我的直率——或者，如果您不原谅我，那就请您为我澄清这个误解，让我们把这个问题解决掉。

不用说，这一切完全不会影响我希望我们能于本月三十号在我家聚一聚的本意，正如我本来就要写信通知您的那样，是您的信到了才令我停了笔。我已经给巴里奥斯和富内斯写过信了，他们都在外地，而罗维罗萨已经给我打过电话，接受了邀请。杰作不能无人欣赏，因此您应该不会感到意外，我对罗维罗萨说起了您信中的大玩笑。我可很少听到他笑得这么开心呢。不过，您的来信逗乐了我们的朋友，可我却高兴不起来。我甚至希望，您能给我写来几行字，消除这种被人们称为心头重担的感觉。

那么，下次来信再叙，或者说，下次我家再见。

您真诚的

费德里科·莫莱斯

洛沃斯，一九五八年七月十八日

致费德里科·莫莱斯先生

亲爱的朋友：

您说到惊吓，说到巧合，说到书信的胜利。非常感谢，但是，这种纯粹为了掩饰欺瞒与哄骗的恭维我可不喜欢。如果您觉得我说得有些过分，请设身处地地听听您的那些犀利抨击——您就是以此在法庭和政界闻名的，然后，您就会意识到这种说法并不夸张。或者，这玩笑开过就算了吧，假如这能称之为玩笑的话，我倒更情愿这样。出于巧合，一次现在让我万分后悔的巧合，我听到了一些事，而您，也许还有当时在您家吃晚饭的其他人，想把这些事掩盖过去，这点我可以理解。我也能够理解，您与路易斯·富内斯的老交情迫使您假装我的信纯粹是个玩笑，希望我能就此上钩，从此闭口不提。但我不明白的是，在您和我这样的人之间，为什么需要如此拐弯抹角。您只需要请我忘记自己在您图书室里听到的话就足够了。你们应该知道，我忘事儿的本领是很强的，只要我确信这样做是对人有益的。

总之，我们就当作是孤僻的生活让这封信变了味儿吧；抛开这些，亲爱的费德里科，我还是您永远的朋友。确实，我有些困惑，因为我不明白为什么您还想让我们再聚一次。

而且，为什么要把事情弄得这样可笑至极，说什么正要写邀请函，却似乎被我的来信打断了？要不是我习惯把收到的所有信件都扔掉，我可是很乐意随信附上您的便条，上面说……

我之前搁下笔吃晚饭去了。我刚刚从广播短报里听说路易斯·富内斯自杀了。现在，不用多说，您也应该明白为什么我宁愿自己没有一不小心亲眼看见这件事了吧，它很清楚地解释了这场也许会让许多人震惊的死亡。我相信我们的朋友罗维罗萨并不在这许多人之列，尽管，据您所说，我的来信内容让他哈哈大笑。您已经看到，罗维罗萨大可以对自己的功夫感到满意了，我估计，这场悲剧的倒数第二幕竟有一位目击证人，想必令他更是开心。我们都有各自的虚荣心，也许，罗维罗萨有时候会觉得难过，因为他对国家的忠心效力只能体现在极其无关痛痒的小秘密上，但除此之外，他也很清楚，在这件事情上，他可以确信我们会保持沉默。难道富内斯的自杀还不能让他完全放心吗？

但是，您和我都没有必要分享他的万般喜悦。我对富内斯的过错一无所知，我只记得在过去更加美好、更加幸福的岁月里的那个好朋友、好伙伴。我虽在隐居——也许我本就不应该出去的——但仍为可怜的玛蒂尔德的不幸感到悲痛，请您一定要向她转达我的哀思。

此致

罗哈斯

布宜诺斯艾利斯，一九五八年七月二十一日 星期一

阿尔韦托·罗哈斯先生台鉴：

您本月十八日的来信已敬悉。谨向您通知：为哀悼我的朋友路易斯·富内斯的离世，我已经决定取消原定于本月三十日举行的聚会。

敬祝

近安

费德里科·莫莱斯

乐队

纪念勒内·克雷维尔[①]，

他也是因为这样的事情而死。

一九四七年二月，卢西奥·梅迪纳向我说了他不久前遇到的一件奇事。同年九月，我听说他辞职出了国，便不由觉得这两件事之间有点关联。我不知道他是不是也曾想过这其中的联系。要是这对远方的他有所帮助，要是他还生活在罗马或是伯明翰，我便尽量原原本本地把他这个简单的故事说一说。

卢西奥瞟见海报栏里说奥佩拉大影院正在放映一部阿纳托尔·利特瓦克[②]的电影，是以前他常去市中心的这些电影院

①勒内·克雷维尔（René Crevel, 1900－1935），法国超现实主义作家，因病重而自杀。

②阿纳托尔·利特瓦克（Anatole Litvak, 1902－1974），俄罗斯导演。

时错过的一部。像奥佩拉这样的电影院会重放这个片子，让他很是惊讶，但是，四七年的布宜诺斯艾利斯已经少有新片了。六点钟，他从位于萨米恩托街和佛罗里达街拐角的办公室下了班，便带着地道的布宜诺斯艾利斯式做派去了市中心。他到达电影院时，演出刚要开始。节目单上写着会有一段新闻短片、一部动画片和利特瓦克的那部电影。卢西奥选了第十二排的一个座位，买了份《评论报》，这样他就不用盯着大厅里的装饰和边上的阳台式包厢看了，那会让他觉得头晕眼花。就在这时，新闻短片开始了，迈阿密海滩上游水嬉戏的俊男靓女堪比美人鱼，突尼斯刚落成一座硕大的堤坝，很多人在这时进了大厅。一个大胖子在卢西奥的右边坐下，身上有一股亚特金逊牌“俄罗斯皮革”[①] 的味道，那味道真够呛的。那个大胖子带着两个小胖子，那两个小的不安分地闹腾了一会儿，直到唐老鸭出来才消停。这一切在布宜诺斯艾利斯的电影院都很常见，尤其是在下午场的时候。

灯亮起来了，天花板原本仿佛布满繁星，乌云盖顶，难以描绘，如今也清晰了起来。我的朋友在开始读《评论报》之前打量了一下大厅。那里有什么东西不大对劲，某种说不

①一款皮革香调的香水。

清楚的东西。女士们散坐在池座区里，她们大都胖乎乎的，而且，和他身边的那位女士一样，她们身边都跟着一群儿女，队伍都挺庞大。他很奇怪，这样的人怎么会买奥佩拉电影院的座票。有好几位女士的妆容和服饰就像是体面的厨娘盛装打扮了一番，她们说话时带着许多纯意大利式的手势动作，靠东掐西拧、求神告佛来管教小孩。先生们则都把帽子放在大腿上（还用两只手抓着），在这么一个让卢西奥感到茫然无措的观众群中，他们代表着男性一方。卢西奥看了看印好的节目单，里面只提到了播放的电影和之后的节目。从表面上看，一切正常。

他不去管它，开始读起报纸来，草草地看完了海外快讯。社论看到一半时，他的时间观念提醒他，这次中场休息长得有些过分了，于是他又扫了大厅一眼。有几对情侣进来了，还有三两成群的女士，她们的穿着若放到克雷斯波镇[①]和莱萨玛公园[②]倒还称得上时髦。池座区里到处都有人相见甚欢、彼此引见，人人激动万分。卢西奥开始纳闷，心想自己是不是搞错了，虽然他弄不清楚自己错在哪里。就在这时，灯光

①位于布宜诺斯艾利斯市中心的一个城区，历史悠久。

②位于布宜诺斯艾利斯市的一座公园，十分古老。

暗了下去，但是，舞台上耀眼的聚光灯即时打亮，幕布升起，卢西奥难以置信地看见一个庞大的女子乐队在舞台上排好了队形，还有一条横幅上写着“麻鞋乐队”。当他（我还记得他讲给我听时的表情）还在惊喘的时候，指挥已经举起了指挥棒，一片响彻云霄的噪声假借军队进行曲之名横扫池座区。

“你明白的，那简直太不可思议了，我过了好一会儿才回过神来。”卢西奥说，“我的理智，如果你允许我这么称呼的话，立即将所有异常的蛛丝马迹梳理出来，由此我明白了真相：这是一场为麻鞋乐队的职员和家人举行的演出，奥佩拉的那些机灵鬼没把它写在节目单里，是为了卖出剩下的票。他们很清楚，如果我们这些外人知道了有这么个乐队，就是被枪指着也不会进场的。这一切我都搞得很清楚了，但是，你可别以为我受到的惊吓就这么过去了。首先，我从来没有想过在布宜诺斯艾利斯还有一支这么惊人的女子乐队（我是指就人数而言）。其次，她们演奏的音乐太可怕了，我耳朵所受的罪让我无法协调地思考或做出反应。我既想大声嗤笑，又想破口大骂，还想立马走人。但是，我也不愿意错过老阿纳托尔的那部电影，唉，所以我没有动弹。”

乐队奏完了第一支进行曲，女士们争先恐后地鼓掌欢呼。

在演奏第二首曲目时（一块小布景板完成了报幕工作），卢西奥开始了新一轮的观察。首先，这乐队就是个绣花枕头，在它那一百多名成员中，只有三分之一是真的在演奏。其他的人纯粹是在充数，这些女孩子跟真正的乐手们一样提着小号和军号，但是，唯一奏出乐音的却是她们那漂亮极了的大腿，卢西奥觉得那大腿才值得大力赞美、多加培养，尤其是他在美波剧院有过几次悲惨的经历以后。总之，那个庞大的乐队只有四十来个真正的管乐手和鼓手，其他人则凭借漂亮的制服和浓妆艳抹来充当养眼的花瓶。指挥是个非常莫名其妙的年轻人，想想看，在乐队大金大红的背景下，他套着一件燕尾服，就像皮影戏里的剪影一样轮廓分明，这衣服让他看上去像是一只鞘翅目昆虫，与整个场景的色调完全不搭。这个年轻人四面挥舞着一根长长的指挥棒，似乎急切地想要让乐队的音乐奏出点韵律来，不过，在卢西奥看来，他离成功还远着呢。就演出质量而言，这是他这辈子听过的最糟糕的乐队之一。一支又一支进行曲，音乐会让大家直听得陶陶醉醉、晕晕乎乎的（我复述了他满是叠字的挖苦话）；每奏完一首曲子，他就再次萌生出希望，想着那一百多个小甜心们终于可以闭嘴了，而在奥佩拉星光熠熠的穹顶之下，一切将陷入沉静。幕布落下，卢西奥登时高兴不已，但他随即便注意到聚光灯并没有熄灭，这让他满心疑虑地在座位上坐直身子。就在此时，幕布再次升起，但这次是一块新的布景板：列队行进中的乐队。姑娘们都侧身站着，铜管中吹出一片呜里哇啦、乱七八糟的声音，隐约有点像《塔拉进行曲》[1]的调子，整个乐队都在舞台上有节奏地原地踏步，好像在进行列队游行似的。其中随便哪个姑娘的母亲都可以完美地幻想出这场游行，尤其是前面还有八名美艳无双的姑娘挥舞着那种带流苏的仪仗，它们盘旋着飞向空中，再被接住。年轻的鞘翅目昆虫引领着行进的队伍，假装很用心地走着。而卢西奥则不得不听着那没完没了的“da capo al fine”[2]，他估计他们大概走了有五到八个街区。结束时，人们适度地鼓掌喝彩，幕布就像一片宽大的眼睑似的合上了，捍卫着人们惨遭践踏的享受黑暗与安宁的权利。

“惊吓已经过去了，”卢西奥对我说，“但是，就算是在看电影时——电影很棒——我还是无法挣脱那种奇特的感

① 1855 年由何塞 · P. 吉里博内上校为在塔拉河战役中作战的军队鼓舞士气而作，因此得名。

②意大利语，音乐术语，“从头再奏至结尾”。

觉。我走到了街上，感受到黏糊糊的热气，看见晚上八点的人群。我走进大帆船酒吧，想喝杯金菲士[1]。一瞬间，我完全忘记了利特瓦克的电影，而那乐队却占满了我的脑海，好像我就是奥佩拉的舞台似的。我很想笑，但是，我其实很愤怒，你明白吧。我真该走到电影院的售票处，好好说他们几句。我没有这么做，因为我是布宜诺斯艾利斯人，我心里很明白。反正，你能有什么办法呢？你不觉得吗？但是，让我愤怒的并不是这个，而是另外一种更深层的东西。第二杯酒喝到一半的时候，我开始明白了。”

到这里，卢西奥的叙述就开始变得难以准确记录了。要点（不过，难以捕捉的恰恰总是要点）大概是这样：直到那一刻为止，他一直都在想着那些零星松散的反常因素：谎话连篇的节目单、不合时宜的观众、大部分成员都是充数的虚假乐队、荒腔走板的指挥、装模作样的列队行进，还有格格不入的他自己。但突然间，他仿若超化凡尘，竟然莫名地明白了这一切。他觉得自己似乎终于面见了现实。他对现实惊鸿一瞥，却以为那是假象，而这正是因为那才是真切的现实，是他已经看不到的真实。他刚刚目睹的就是真相，也就是所

①由杜松子酒、柠檬酒、苏打水等调制成的鸡尾酒。

谓的假象。他再不会因为自觉被一堆格格不入的东西所包围而感到不满，因为，这是对那另一个世界的感知，他明白这种感觉将一直延续到大街上、大帆船酒吧里、他的蓝色西装上、他晚上的安排、第二天早晨要去的办公室、他的储蓄计划、他的三月避暑之旅、他的红颜知己、他的壮盛之年，直到他死的那一天。幸运的是他不会再看到这个了，幸运的是他又是卢西奥·梅迪纳了。但仅仅是因为幸运而已。

有时候，我想过，要是卢西奥回到电影院调查一番，却发现那次演出从来不曾存在过，那才是真的有趣呢。但是，那个乐队那天下午在奥佩拉演出过，这是可以证实的。事实上，没必要把事情说得那么夸张。也许卢西奥改变了自己的生活，出了国，都只是一时冲动，或是因为某个女人。而且，也不应该再说乐队的坏话了，可怜的姑娘们。

朋友

在那个游戏里，一切都要快。一号决定，必须解决掉罗梅洛，且这项工作将由三号负责，而贝尔特兰在几分钟后就得到了消息。他离开了科连特斯街与利维尔塔德街拐角的咖啡馆，上了一辆出租车，并不慌张，但也毫不耽搁。在自己的公寓里，他一面洗澡，一面听着新闻播报，记起自己最后一次见到罗梅洛是在圣伊西德罗，在赛马场上倒运的那一天。那个时候，生活还没将他们逼上各自迥异的道路，罗梅洛只是罗梅洛，他也只是贝尔特兰，他们一直是好朋友。他勉强笑了笑，想着罗梅洛再次看见他会有什么表情，但罗梅洛的表情一点也不重要，他倒是该仔细想想咖啡馆的问题，想想那辆车的事。一号竟然想在科恰班巴街和彼德拉斯街拐角的咖啡馆杀掉罗梅洛，还是在这个时间点，这倒很是奇怪。也许，如果某些传言可靠的话，一号是已经有点老了。无论如何，这个愚蠢的命令倒给了他一个方便：他可以把车从车库取出来，停在科恰班巴街旁，但不熄火，等着罗梅洛跟往常一样在晚上七点左右来和朋友聚会。如果一切进展顺利，他就可以阻止罗梅洛进入咖啡馆，咖啡馆里的人就不会看见，也不会怀疑他参与其中。这关乎运气，关乎算计，只消一个表情(罗梅洛肯定能看见，因为他眼睛贼尖)，罗梅洛就会混进人流车流，掉头飞奔而去。如果两人都不出差错（贝尔特兰像相信自己一样相信罗梅洛)，一切就会在一眨眼的工夫里解决掉。在这之后，很久之后，他用某个公用电话向一号报告情况时，一号会有什么表情？他想着这些，再一次笑了。

他慢慢穿好衣服，抽完那包香烟，照了一会儿镜子，然后从抽屉里再拿出一包烟。关灯前，他确认一切都已安排就绪。修理厂的西班牙人修过后，他的福特车开起来如丝般流畅。他沿着查卡布科街慢慢开着，绕着街区兜了两圈，等着一辆送货卡车给他让出停车位来。七点差十分，他把车停在了离咖啡馆门口几米远的地方。待在这里，咖啡馆里的人绝不会看见他。他时不时地踩一下油门踏板，不让引擎熄火。

他不想抽烟，但又觉得嘴发干，这让他很恼火。

七点差五分，他看见罗梅洛沿着对面的小路走来——凭着那顶灰色的单翘沿帽和双排扣外套，贝尔特兰立刻就认出了他。他扫了一眼咖啡馆的玻璃橱窗，估计了一下穿过街道、走到那里需要的时间。但是，离咖啡馆这么远，罗梅洛是不会有事的，最好还是让他穿过大街，走到小路上。就在这个时候，贝尔特兰发动车子，并把胳膊伸出了窗外。就像他预计的一样，罗梅洛看见他，惊讶地停住了。

第一颗子弹打在他双眼之间，然后，贝尔特兰又朝那具渐渐倒下的身体开了一枪。福特车斜开出去，利落地超过一辆有轨电车，然后在塔夸里街上拐了弯。三号不紧不慢地开着车，他心想，罗梅洛最后见到的，是一个叫贝尔特兰的赛马场上的老朋友。

动机

你们不会相信的，但这就好像是在电影院里看片子一样，事情就是那样，你就得接受。你要是不喜欢，你就走，但钱是没人会退给你的。一不留神，已经过去了二十年，那件事老早就过了风头，因此，我要把它说出来，谁要是觉得我在胡扯，他可以趁早滚开。

八月的一天晚上，蒙特斯在河滩上被杀了。也许，蒙特斯确实跟个女人乱来，于是那女人的男人就连本带利地讨了回来。但我只知道，蒙特斯是从背后被杀死的，一枪打在头上，这是不可原谅的。蒙特斯和我是好兄弟，我们总是一起去赌场和黑人帕蒂利亚的咖啡馆。不过，你们应该不记得那个黑人了。他也被杀了，哪天你们要是愿意，我就给你们讲讲。

是这么回事，有人通知我说蒙特斯翘辫子了，我连滚带爬地赶过去，却只看见他妹妹发了疯似的扑到他身上。我盯着蒙特斯看了一会儿，他还睁着双眼，我向他发誓那凶手不会就这么讨了好去。那天晚上，我跟巴罗斯谈了谈，而就是这一段，会让你们觉得这故事纯属扯淡。巴罗斯是听到枪声后第一个到现场的，他发现蒙特斯已经就剩一口气儿了。巴罗斯是个机灵人，他想方设法让蒙特斯告诉他是谁干的。蒙特斯是很想说话的，但是他脑子里有颗铅弹，这事儿就变得一点也不容易了，因此巴罗斯没能问出多少东西。但无论如何，蒙特斯——你们听听这快死的人是怎么胡言乱语的——还是拼着最后一口气对他说了句“蓝色胳膊的人”之类的话，然后，他又蹦出了一个词，应该是“文身”。我们由此推断出那人是个海员，非常感谢。你们看看，说个“洛佩兹”、“费尔南德兹”多容易啊，但是，他的脑瓜挨了颗枪子儿，我也就不能怪他了。可能蒙特斯也不知道那人叫什么名字，文身是看得见的，但是名字就得调查一番了，更何况有时候，还只能得到个诨名。

现在，我要是告诉你们，八天以后我和巴罗斯就找到了那个家伙，而警界精英们都还在港口和其他地方瞎忙活，你们肯定要笑了。我们有我们的门路，我就不拿细枝末节来烦你们了。不过，会惹你们发笑的并不是这个，会惹你们发笑的是那个线人也没能告诉我们那个家伙的身家来头，他倒是告诉我们说那人要坐一艘法国船逃走，但他不是海员，而是乘客，你们看看，多么奢侈。我们由此推断出那人是辞了职，但仍靠着这层关系来跑路。我们只知道，他坐三等舱，是个阿根廷人。这没有什么好奇怪的，一个美国佬可对付不了蒙特斯，但是，这件事情最奇怪的地方是那个线人没能帮我们查出那人姓什么。更确切地说，他打听到的姓结果并不在旅客名单中。人们有时候是会怕事的，唉，也许是那个为了三十比索把资料泄露给我们线人的家伙给他起了个假名，以防万一。或者，天知道是不是那人在最后一刻弄到了别的证件。现在，电影继续上演，我和巴罗斯谈了一整个晚上，第二天上午我就去了办事处，开始办理材料。那个时候，办个护照不怎么麻烦。好吧，长话短说，办事员通融了一下，那天晚上十点钟，我本人就已经上船了，开往马赛，那是法国佬的歇脚点。我已经看到你们的表情了，但是，耐心点。你们要是不愿意听，我就不继续说了。好吧，那么再倒点甜烧酒，就当作你们是在读《基督山伯爵》吧。我老早就提醒过你们，这种事可不是谁都碰得上的，再说，时代也不同了。

船几乎是空的，他们给了我一个人一间带四张床的客舱，你们看看，多么奢侈。我可以把衣服全摊开来放，地方还多得是。你们去过欧洲吗，小伙子们？我就是开玩笑问问。你看，是这样的：客舱都对着一条走廊，走廊一边的尽头是一间小咖啡厅；在另一边，你可以爬上一个楼梯，上到船头。头一天晚上，我一直待在甲板上，看着渐渐消失不见的布宜诺斯艾利斯。但是第二天，我就开始四处打探了。在蒙得维的亚，没有人下船，船甚至都没靠岸。等我们进入外海，我强忍住了胃里的翻江倒海，我可不想你们遭那种罪。事情应该很容易就能办妥，因为在咖啡厅里什么都能立马打听到。原来，在三等舱的二十多个乘客中，差不多有十五个娘儿们，其他的几乎都是西班牙人和意大利人。不算上我，只有三个阿根廷人，没多久，我们四个人就一起玩上了摸三张、喝起了啤酒。

这三个人中，有一个已经上了年纪，不过，论到精明，谁都比不过他。另外两个人都是三十多岁，跟我一样。我跟佩雷拉立刻就臭味相投了，而拉玛斯却不大说话，似乎还有点忧郁。我支起耳朵听三个人中谁会说海员的切口，还故意对他们大谈这艘船，看会不会有人上钩。没过多久我就发现我想错了，那个别有用心的人将自己保护得滴水不漏。他们把这艘船的事乱说一气，连我都听出来了。更糟糕的是，天气已经很冷了，因此谁也不会脱掉外套或羊毛背心。

三个人都跟我说过他们要去马赛，但到巴西时我还是特别留了心，然而，确实，谁也没有异动。天热起来后，我便穿起了T恤，想带个头，但他们还是穿着衬衫，只把袖子卷到手肘处。老头费罗看见我向女侍应献殷勤就笑话我，还为我在客舱里有那么多床垫可用而恭喜我。佩雷拉也展开了攻势，而佩特罗娜这个热情的西班牙妞儿可是把我们俩折腾得好苦。至于这船是怎么开的，还有他们给我们吃的那种猪食，我们就不谈了。

等我觉得佩雷拉已经向佩特罗娜发起猛攻的时候，我就开始进行部署了。我在走廊上碰见她，就立刻对她说我的客舱进水了。她相信了我，等她一进舱，我就把门关上了。她一甩手给了我一个耳光，但是她在笑。然后，她就像绵羊一样温顺了。你们就算算吧，每张床垫都用上了，就和费罗讲的一样。实际上，那天晚上，我们也没干什么特别的，到了第二天，我才真正地向她逞了逞威风。说实话，西班牙妞儿那一套真是值。真他妈的值。

我顺口跟拉玛斯和佩雷拉说了这事，一开始他们还不愿意相信，或是在假装吃惊。拉玛斯就像往常一样一言不发，佩雷拉则听得入了迷，我看得出他在想什么。我装傻充愣，他自以为得逞。那天晚上，佩特罗娜没来我的客舱，我先前就看见他们俩已经在厕所那边聊上了天。你们肯定会觉得奇怪，这西班牙妞儿这么快就甩了我，所以我最好把一切都讲清楚。我给了她一百比索，并答应她，如果她给我弄到我需要的信息，我就再给她一百，佩特罗娜便飞也似的行动了。你们能想象得到，我没有告诉她我为什么想知道佩雷拉的胳膊上有没有记号，我跟她说是打了个赌，随便胡诌了一下。我们都笑疯了。

第二天上午，我跟拉玛斯坐在船头的一卷粗麻绳上，聊了很长时间。他告诉我，他去法国是要在大使馆里当收发员或者做类似的职务。他是个沉默的家伙，有点忧郁，但是他跟我还是很坦诚的。我看着他的眼睛，脑子里突然闪过死去的蒙特斯的脸、他妹妹的哭喊，以及尸检之后他被送回来时才举行的守灵仪式。我很想逼问拉玛斯，直接问是不是他干的。但是，这有什么用呢，这样会把一切搞砸的。最好等佩特罗娜来我客舱时再说。

差不多五点的时候，她敲响了我的房门，她狂笑着进门，一上来就告诉我说佩雷拉胳膊上什么都没有。“我多的是时间把他看了个遍。”她说道，一边疯了似的笑着。我想到了拉玛斯，我一直对他最有好感。我觉得自己这样被人牵着鼻子走真是太蠢了。什么好感，都是狗屁。如果费罗和佩雷拉都被排除在外，那就没什么好说的了。纯粹是出于泄愤，我就地扑倒了佩特罗娜。她不愿意，我便给了她几下，开始扒她的衣服。我一直到吃饭的时候才放她走，这还是为了替她省些麻烦，因为船上的人大概已经在到处找她了。我们约好她第二天下午再来，我就去吃饭了。我们四个阿根廷人被安排在同一桌，离那些西班牙人和意大利人远远的，我对面坐着拉玛斯。你们是不知道，我心里想着蒙特斯却还要若无其事地看着他有多难。如今，他竟能胜过蒙特斯这档事儿已经不会让我纳闷了，有了他那种能博人信任的深沉劲儿，他想害谁都绰绰有余。至于佩雷拉，我早已不放在心上，但是，最后，我到底注意到他根本没提起佩特罗娜的事，他之前可是止不住地说着他要怎么把那个西班牙妞儿弄上床呢。我突然想到，除了告诉我那条重要的信息外，她也没怎么跟我说起过他。以防万一，我把门虚掩起来守着，大概半夜的时候，我看见她钻进了佩雷拉的客舱。我躺到床上，琢磨着这件事。

第二天，佩特罗娜没来。我在一间厕所里堵住她，问她怎么回事。她说没什么，说她正忙着。

“昨晚你又跟佩雷拉在一起了？”我突然问她。

“我？为什么？我没有。”她撒谎。

被人抢了女人，这可一点也不好笑，尤其是这事还是你自己惹出来的，你们可以想见，我当时有多恼火。我逼她当天晚上来见我，她就开始哭，说船上的班长还是工长什么的看她不顺眼，说他起了疑心，说她可不想丢了这份工作，还有一些类似的鬼话。我想我就是在那一刻明白过来的，然后我就开始琢磨。对这西班牙妞儿我并不怎么在意，虽然自尊受伤让我很不爽。不过，还有其他事情更加重要，我整个晚上都在想这些事。那天晚上，我又亲眼偷看到佩特罗娜再次溜进了佩雷拉的客舱。

第二天，我设法跟老头费罗聊了会儿天。我一直都没怀疑过他，但是我想确认一下。他再次很详细地对我说他去法国是为了看他女儿，她嫁了个法国佬，生了一堆孩子。老头想在翘辫子之前看看孙子，他的钱包里放满了家里人的照片。佩雷拉很晚才出现，一副没睡醒的样子。而且……拉玛斯则在鼓捣一种学法语的方法。瞧瞧，这都是些什么伴儿呀，唉。

情况就是这样，直到到达马赛的前一天晚上。除了在走廊里堵到佩特罗娜一两次以外，我再也没能让她回到我的客舱里来。她连我答应要给她的钱都忘了，我可是每次都跟她提的。她一听到我说要给她钱，就一脸厌恶的表情，所以，我更加确定了自己的想法，一切我都看得很明白了。在到达的前一晚，我看见她在甲板上乘凉。佩雷拉就在旁边，他看见我经过，就假装若无其事。我等着机会。去睡觉的时候，我拦住了正忙得不可开交的西班牙小妞。

“你不来吗？”我问她，一边抚摸着她的屁股。

她往后一退，好像见了鬼似的，但她很快就掩饰了过去。

“我去不了，”她说，“我跟你说过，他们正盯着我呢。”

我很想反手一下打烂她的嘴，让她再也没法耍着我玩，但是我忍住了。已经没时间犯傻了。

“告诉我，”我问道，“你跟我说的佩雷拉的事，你很有把握吗？你看，这很重要，也许你没看清楚呢？”

从她的眼睛里，我看出来她想笑，同时又有点害怕。

“就是真的，我已经跟你说过了，什么也没有。你想怎么样，叫我再跟他来一次好确认一下吗？”

她在微笑，这贱货，她还以为我被蒙在鼓里。我轻轻地打了她一下，就回到了自己的客舱里。现在，我已经没兴趣监视佩特罗娜是不是会溜进佩雷拉的房间里了。

第二天上午，我的箱子已经整理好了，需要的东西也放到了腰间。管咖啡厅的那个法国佬能结结巴巴地说点西班牙语，他跟我说过，一到马赛，警察就会上船检查证件，在这之后才会发放下船许可。我们大家都排好了队，一个个地过去出示证件。我让佩雷拉先走，等我们都通过了以后，我抓住他的胳膊，请他去我的客舱里喝一杯甜烧酒作别。他以前尝过那酒，还很喜欢，所以立刻就过来了。我关上门，插上插销，看着他。

“甜烧酒呢？”他说，但当他看到我手里拿着的东西时，他脸一白，往后退去，“别这么蠢……为了那么个女人……”他只来得及对我说出这些话。

客舱很窄，我必须从尸体上跳过去才能把刀丢进水里。我弯下腰看了看佩特罗娜有没有骗我，虽然我知道这已经没什么意义了。我抓起手提箱，锁上客舱，离开了。费罗已经站到了跳板上，大声地跟我打着招呼。拉玛斯还在等着出示证件，像往常一样一言不发。我走到他身边，在他耳边说了几句话。我以为他会就地瘫倒下去，但是，那只是我的感觉而已。他想了一会儿，就同意了。我早就知道他会同意。我们为彼此保守秘密，谁也不吃亏。他把我托付给他的法国佬朋友，之后我就再没听说过他的消息。三年以后，我就可以回去了。我真想看看布宜诺斯艾利斯啊……

小公牛

献给哈辛托·库卡洛先生

在三〇年的马里亚诺·亚科斯塔师范学院的教育学课上，

他向我们讲起过苏亚雷斯[1]的拳击赛。

你能怎么办，伙计，你倒了，人人都会踩你。谁都会的，伙计，再窝囊的人也一样。他们会把你顶在擂台围绳边狠揍，对你一通暴扁。得了，得了，你还想来安慰我，就凭你。我可了解你，还装呢。每次我一想到这个，滚出去，滚。你以为我是绝望了，其实是我再也受不了整天在这儿躺着了。冬天的夜真他妈的长，你还记得仓库里的那个小子怎么唱来着。

①胡斯托·苏亚雷斯（Justo Suárez, 1909－1938），阿根廷著名轻量级拳击手，本篇故事便是受其生平启发而作，标题“小公牛（Torito）”即其外号。苏亚雷斯出生于玛塔德罗斯（Mataderos），在文中也会提到。

真他妈的长……真的，伙计。比穷人的想头还长哪。你看看，我都没怎么见识过晚上的光景，现在却老是……我上床总是很早，九点或十点。以前，老板总对我说："小子，上床睡觉去，明天还得接着干呢。"要有哪个晚上能避开他，那可真是走了运。老板……现在却一直得这样，望着天花板。你看，又是一件我不会做的事情：仰面向上看。大家都说过，这会对我有好处的，他们说我在两秒钟时就起身，火气还那么大，真是蠢透了。他们说得有道理，如果我等到了八秒钟，那金发佬就不会把我打得那么狠了。

好吧，确实是。不过，咳嗽起来更糟，因为之后就会有人拿着糖浆和针头来找你。可怜的小妹妹，我可麻烦她了。我连自己撒尿都做不到。小妹妹真好，她给我喝热牛奶，还跟我说话。谁能料到呢，小子。老板总是叫我小子。给他点厉害，小子。到厨房去，小子。我在纽约跟那个黑人对上的时候，老板一直很担心。我在出发之前还到酒店里去见他来着。"你会在六个回合以内打倒他的，小子。"但是，他抽烟都抽疯了。那个黑人，那个黑人叫什么名字来着，弗罗雷斯[①] 之类的。哎呀，很难对付啊。拳风很漂亮，一圈圈地跟我拉开距

①指美国拳击手布鲁斯·弗劳尔斯（Bruce Flowers, 1905－1970）。

离。去呀，小子，给他点厉害。那老家伙说得对。到第三回合，他就像块破布似的瘫在地上了。脸都白了，那个黑人。我想是弗罗雷斯，或者类似的什么名字。你看看我有多昏头，一开始，我还以为那个金发佬会更容易解决。这就叫自以为是，伙计。他一下就给了我一拳，那一下啊，你还是不知道的好。那个滑头趁我不备，将我打趴下了。可怜的老板，他都不愿相信。我起来的时候多火大呀，我都感觉不到自己的双腿了，只想就地把他给生吞了。运气不好啊，小子。到最后，谁都是要挨揍的。打塔尼[①]的那一晚，你还记得可怜的塔尼吗？那场狠揍呀。看得出来，塔尼的状态回归了。那印第安人真帅，他可是全力出击，来呀，上面一拳，下面一拳，但他奈何不了我，可怜的塔尼。不过，我去角上跟他打招呼时，我的脸还是很疼的，他到底还是给了我一顿好揍。可怜的塔尼，你知道的，他看了我一眼，我把手套放到他头上，高兴地大笑，我不是在嘲笑他，你想象得到的，我不是笑他，可怜的小子。他就是稍稍看了看我，但我也不知他把我怎么了。一下子，谁都能打倒我了，漂亮的小子，结实的小子，啊，美洲小子。塔尼静静地待在他的人中间，比五分钱的奶

①指智利拳击手埃斯塔尼斯劳·洛艾萨（Estanislao Loayza, 1905－1981）。

酪还要无足轻重。可怜的塔尼。我为什么会记起他，你跟我说说。也许，那天晚上，我也是这么看着那金发佬的。我怎么知道呢，我当时哪还会记得这个。一顿狠揍啊，兄弟。现在，你就不能再装了。他揍了你，结束了。糟糕的是，我当时还不愿意相信。我躺在酒店里，老板抽着烟，抽啊抽，房里挺暗的。我记得当时很热。然后，有人给我敷上了冰，你听着点，给我都敷上冰了。那老家伙什么也没说，这才糟呢，他什么也没说。我跟你发誓，我当时很想哭，就好像那时候她……但是，你干吗要白白难过呢。如果我能一个人待着，我发誓我会哭鼻子的。“点儿背呀，老板。”我对他说。我还能说什么呢。他就一直把烟抽啊抽的。我能睡着真是运气。就像现在，我能睡着的时候简直就是中了奖了。白天，还有小妹妹拿过来的收音机，那收音机……听着像是瞎掰，伙计。不过，还能听听它放几首探戈曲，播几出戏剧，你喜欢卡纳罗[①]吗？我喜欢弗雷瑟多[②]，伙计，还有彼德罗·马菲亚[③]。

---

①弗朗西斯科·卡纳罗（Francisco Canaro, 1888－1964），乌拉圭小提琴手、探戈作曲家、乐队指挥。

②奥斯瓦尔多·弗雷瑟多（Oswaldo Fresedo, 1897－1984），阿根廷探戈作曲家、乐队指挥。

③彼德罗·马菲亚（Pedro Maffia, 1899－1967），阿根廷指挥家、作曲家、六角风琴手。

我大概在擂台边见过他们，他们每次都会来看我。你可以想着这些事，时间就会走得快些。但是，到了晚上，多烦人啊，老伙计。没有收音机，没有小妹妹。而且有时候，你突然就会咳嗽起来，咳呀咳的。然后，睡其他床的人就嘲你几句，吼上一声。想想从前……你瞧，我现在比以前更容易发火了。报纸上说我少年时在火焰街[1]跟车把式们打。纯属胡说，哼，我可从来没在街上干过架。也许有个一两次，但不怪我，我发誓。你可以相信我。那是常有的事，你坐在吧台边，有人撞过来，有时候就闹起事来了。我本来不喜欢那样的，但是，第一次卷进去的时候，我发现那滋味其实很妙。当然了，如果挨揍的是对手，怎么会不妙呢。少年时，我是用左手打拳的，你不知道我有多喜欢用左手揍人。我老妈第一次看见我跟一个三十来岁的人打架的时候，脸都变色了。她还以为我会被人给灭了呢，可怜的老妈。看见那家伙倒在地上，她都不敢相信。我跟你说，我也不敢相信。相信我，头几次，我都觉得是因为走运。直到后来，老头的朋友去俱乐部里见我，跟我说我应该继续打。你还记得那时候吧，小子。多狠的拳赛呀。

---

①即帕特里西奥斯公园，布宜诺斯艾利斯的一个区。这里在 19 世纪末 20 世纪初曾是垃圾焚化场，因此得名“火焰街”。

场场都那么难打，我都没法儿跟你说[1]。“你就扁他。”老板的朋友说。之后，他说起了那些职业拳手，说起罗马公园，说起河床[2]。我知道什么呀，连去看什么比赛的半分钱都没有过。就在那天晚上，他给了我二十比索，我高兴坏了。那一架是跟塔拉还是那个瘦瘦的左撇子，我都不记得了。我两个回合就把他打趴下了，他碰都没碰到我。你知道的，我总是会把脸避过去。我要是能猜到金发佬的把戏……你还自以为有个铁打的下巴，结果立马被揍得哭爹叫娘。还什么鬼的铁打的呢。二十比索，小子，你想想吧！我拿了五比索给老妈，我跟你发誓，就是为了让她瞧瞧。可怜的老妈想给我受了伤的手腕上弄点儿柑橘花露水。老妈就是这样，可怜的老妈。你要是留心，就会发现她是唯一一个会这么上心的女人，因为另一个女人她……你看见了，我一想到那女人，就好像回到了纽约。我已经不怎么记得拉努斯了，什么都模糊了。一件细格子衣服，这倒是清楚的，现在我想起来了，还有福尔西奥先生家的门厅，还有那些马黛茶会。他们家对我多客气呀，孩子们围在一起隔着栅栏看我，而她总在往她攒的剪报册里

①原文为意大利语。

②“罗马公园”和“河床”均为阿根廷体育场馆名称。

贴上《评论报》或《即时快讯》里的剪报，或是给我看《体育画报》上的照片。你从来没看过照片里的自己吗？第一次看会让你印象深刻，你会想，那人难道就是我吗，长着那么一张脸。然后，你就会发现，那照片拍得很漂亮，照的几乎总是出拳时的你，或者是比赛结束后举起胳膊的你。我总是坐着我的格拉汉姆·佩奇老爷车来，你想象一下，我去见她总要打扮一番，整个街区也要乱上一阵。在院子里喝马黛茶是很美妙的，大家问了我许多事情，天知道有多少。有时候，我都不敢相信那是真的，到了晚上，睡觉之前，我都对自己说我是在做梦呢。我给老妈买下那块地的时候，大家都大吃一惊。老头是唯一保持冷静的人。“你做得对，小子。”他说，又拿着烟抽啊抽的。我觉得就像是第一次看见他时一样，在利马街的俱乐部里。不，是在查卡布科，你等等，我不记得了，就是在利马街，没用的东西，你不记得那全绿的更衣室啦，脏得赛过……那天晚上，教练把我介绍给老板，他们竟然是朋友，他对我说出老板名字的时候，我差点就要去扶擂台围绳了，我一看见他在看着我，就想：“他是来看我打拳的。”教练把我介绍给他的时候，我简直想去死。他一直没对我说过什么，真是老奸巨猾，但是他做得很对，这样我才能慢慢来，不会贪心放纵得过了头。就像可怜的左撇子一样，他只用了一年就进了河床，但才两个月就垮了，真吓人。那时候可不是开玩笑的，小子。意大利佬都来打你，吓死人的西班牙佬也是，我就更不用跟你说那些金发佬了。当然，有时候你也会觉得挺美，就像王子[1] 来看的那一次，那可真叫人回味无穷呢，我发誓，王子就坐在擂台边上，老板到更衣室对我说："你不要拖上好几个回合，别让他掌握主动权，那些没种的可会玩这一手了。"你记得吧，人们说他是英国冠军，还是天知道什么名头。可怜的金发佬，漂亮的小子。我们彼此致意时，他莫名其妙的，天知道那家伙嘟囔了句什么，好像是说他要正正经经漂漂亮亮地跟你打一场。而老板，你别以为他很镇静，我跟你说，他从来不知道我对他可一清二楚。可怜的老头，他还以为我什么都不知道。哎，王子就在那下面，可是不得了呢。金发佬对我发出第一下佯攻，我就给了他一记右勾拳，打个正着。我跟你发誓，看见他摔了个四脚朝天，我可吓了一跳。直接晕过去了，可怜的家伙。那一次，我赢得并不开

①指英国国王爱德华八世（Edward VIII, 1894－1972），即后来的温莎公爵，他曾到场观看 1931 年苏亚雷斯与塔尼之间的拳击赛。爱德华八世于 1936 年即位为王，所以苏亚雷斯仍称其为王子。

心，一场漂亮的对打也许会更精彩，打上四五个来回，就像打塔尼或是那个小崽子，叫赫尔曼[1]的那个，他来时总是坐着一辆红汽车，模样挺唬人。他被海扁了一顿，但那场很精彩。多狠啊，我的妈呀。他不想松劲儿，而且，他的技巧好过……如今，要讲技巧，还得看“魔术师”[2]，伙计。不知道他们是从哪儿把他揪出来对付我的。他是乌拉圭人，你知道的，他已经不行了，但还是比谁都难对付。他就像蚂蟥一样吸在你身上，你试试把他从身上甩下来看看。真是一场好打，那家伙瞎打一通，他妈的给了我一顿狠揍。最后，我也把他揍得惨兮兮的，他露了个空当，我就挺乐意地放倒了他。拳手倒地，小子。“一拳下去，拳手倒地”你知道吗，甚至还有人为我作了一首探戈曲呢。我还记得一小段：“从玛塔德罗斯到中心，从中心到纽约……”到处都有人对我唱这首歌，在见面会上，在电台里……在广播里听到自己的名字是很美妙的，伙计，我老妈会听我的每一场比赛。你知道的，她也听我说话，有一天，她对我说，她从广播里才真正认识了我，因为那哥们儿播了我跟一个意大利佬打的那场比赛……你还

①贝比·赫尔曼（Babe Herman, 1902－1966），美国拳击手。

②指乌拉圭拳击手胡安·卡洛斯·卡萨拉（Juan Carlos Casalá）。

记得那些意大利佬吗？我不知道老板是从哪里把他们找出来的，他就直接从意大利把他们给我拉了过来，在河床组了几场拳击。他甚至让我跟兄弟俩打过，跟第一个打时很爽，但到第四回合时下起了雨，伙计，可我们还是很想继续打，因为那意大利小伙很上道，我们打起来可带劲儿了。就在这时，我们俩都开始脚打滑。我倒了地，他也倒了地……那可真是滑稽，兄弟……比赛暂停了，真没劲。第二次，那意大利佬两回合下来就被打败了。老板又让我跟他兄弟打，也是一场好打……多好的日子呀，小子，那时候打拳击确实精彩，那么多来助威的观众，你也记得那些海报和汽车的喇叭声吧，嘿，把看台区弄得多吵多乱呀……我曾经看报道说拳击手在打拳时什么都听不到，什么屁话，小子。当然听得见，不过，你以为我在美国佬中间能听得出个鸟来，幸好还有老板在角上，去呀，小子，给他点厉害。酒店里，咖啡馆里，多奇怪呀，嘿，你好像并不在那里似的。然后，在健身馆里，那些家伙跟你说话，你却连半个字也听不明白。纯粹靠比画，小子，就像哑巴一样。还好有她和老板能唠上几句，可以在酒店里喝马黛茶，时不时会来个把拉美人，然后不停地签名、签名，看看你能不能好好教训一下那个美国佬，让他们尝尝阿根廷人的厉害。他们张嘴不离冠军杯，你有什么办法，他们相信我，唉，他们让我很想直闯出去，不拿冠军不罢休。但是，我也一直挂念着布宜诺斯艾利斯。老板总放着小卡洛斯[①]的唱片、彼德罗·马菲亚的唱片，还有为我而写的那首探戈，我不知道你晓不晓得，有人为我作了一首探戈曲。莱基[②]也一样，他也有一首。我记得有一次，我跟她还有老板一起去了一个海滩，一整天都泡在水里，真是棒极了。你别以为我经常能轻松一下。总是要训练，要注意饮食，一点办法也没有，老头一直盯着我呢。“你很快就能享受享受了，小子。”老头经常这么跟我说。我记得跟莫克洛亚[③]打的那一场，那才叫拳击呢。你知道的，两个月前，老板就老说，哎呀，那左拳不对，你别这样让人靠近身边。他不停地给我换陪练选手，光叫我跳绳、吃多汁的牛肉……幸好，他还让我喝点马黛茶，但我还是一直喝不够。每天都没完没了，你要小心右拳，你扯得太开，你看看，那家伙可不是闹着玩的。你以为我不知道，我

①指卡洛斯·何塞·佩雷兹（Carlos José Pérez, 1907－1990，一般称之为“卡洛”），阿根廷探戈歌手、作曲家。为苏亚雷斯作的探戈曲《拳手倒地》便是由他演唱的。
②指伊利内奥·莱基萨玛（Irineo Leguisama, 1903－1985），乌拉圭赛马手。
③胡里奥·莫克洛亚（Julio Mocoroa, 1905－1931），阿根廷拳击手。

不止一次去看过他了，我喜欢那小子，他从不畏缩，很有自己的风格，嘿。你知道有风格是什么意思：该你上场、有活儿要干的时候，你就去立刻办好，不像有些人纯靠运气，哎哟，三分钟全都在瞎比画。有一次，《体育画报》上有个家伙写文章说我没有风格。我大受打击，真的。我不会跟你说我像“小闪电”[①] 什么的，那家伙可不是一般人啊，小子。莫克洛亚也一样。我能跟你说什么，开始没多久，我就红了眼，光顾着出拳，但是你不要以为我没发觉，只是我正顺手，如果我打得顺手，你又何必担心呢。你知道跟小闪电的那一场是什么样子，我并不比他强，这没关系，我还是赢了。对付莫克洛亚也一样，你还想怎样。一顿猛揍，老伙计，他把身子弯到了地上，从下往上猛朝我挥拳，我都没法跟你形容。我就只打脸，我发誓，打到一半时，我们已经火了，只是疯打。那一次，我一点感觉都没有，老板抓住我的脑袋说，小子，你身体别摆得这么开，打下面，小子，护住右边。我全都听见了，但是，上场以后，我们两人还是乱打一气，直到最后，我们都打不动了，那可真是了不起。你知道的，那天晚上打完拳后，我们都到一家小酒馆里会合，朋友们都在，

①指路易斯·拉约（Luis Rayo, 1906 – 1930），阿根廷拳击手。

我看那小子在笑，感觉真是妙。他对我说真是棒极了，伙计，你打得真棒，我对他说，我虽然赢了你，但我觉得我们俩是打了个平手。所有人都举杯敬酒，乱糟糟的，我都没法儿跟你说……这么咳嗽真叫人难受，它冷不防来一下，叫你咳个半死。是啊，现在得照顾好自己，多喝牛奶，多休息，你能怎么办。就有一件事让我难受，那就是他们不让你起床，五点我就醒了，就只能仰面看着。你想啊想，想的都是些坏事情，当然。梦也一样，那天晚上，我又梦到自己跟佩拉尔塔[①]打拳。为什么我要在那一晚想起这场比赛呢,想想那多糟啊,小子,记不起来最好。你知道看见大家都在时是什么感觉，一切又跟以前一样了，不像在纽约那样，跟那些美国佬在一起……擂台边的长椅上，全是我的拳迷，真想赢啊，好叫他们看看……得再赢一场，我要是不行呢，你知道维克多是怎么打拳的。我知道，我知道，我以前一只手也能赢他，但是，回来以后，就不一样了。我提不起劲儿，伙计，老板更是不行，你要是觉得难受，还怎么好好训练呢。好吧，我在这里

①维克多·佩拉尔塔（Víctor Peralta, 1908－1995），阿根廷拳击手。下文中的维克多也是指他。1932 年与佩拉尔塔的一场比赛是苏亚雷斯职业生涯中输掉的两场比赛之一。

是冠军，他向我挑战，他有这个权利。我可不会躲他的，你不觉得吗。老板觉得我能靠得分赢他，你身体别摆得这么开，别一上来就把力气用尽，你看看，那个人可是要跟你打满整个时段的。当然，他可是满场跑动，而且，我觉得不太舒服，虽然大家全都在那里，我向你发誓，我的身体累得……就快睡着了，你明白吗，我没法跟你解释。打到一半，我就开始不舒服，之后，我就不怎么记得了。不记得最好，你不觉得吗。那些东西有什么可记的。我宁愿忘掉一切。睡着了最好，虽然你总是梦见打拳，有时候你还会打出漂亮的一击，又觉得打拳不错。就像王子来的那一场，多叫人回味无穷呀。但还是不做梦的时候最好，小子，你就这么睡着，那可真是舒服，咳嗽什么的都没有，只是睡着，睡一整晚，睡呀睡。

III

水底故事

你别担心，原谅我这么不耐烦的表情。当你想起旧时光，当你为那些名为回忆的逝去之物而神伤，必须用言语和形象来填满那无底的空虚时，你会说出卢西奥的名字，你会记起他，这真是再正常不过了。而且，可能你也注意到了，这也是这座小屋招引的，你只需要在游廊上待一会儿，看看那条河和那些甜橙树，突然间，你就仿佛奇迹般地远离了布宜诺斯艾利斯，迷失在一个更纯粹的世界中。我想起莱内兹对我们说过，三角洲不该叫德尔塔，该叫阿尔法[1]。还有那次，

① “德尔塔”（大写为 Δ）、“阿尔法”（大写为 A）分别为希腊文第四和第一个字母。在西班牙语中，德尔塔也指河口三角洲。文中人物觉得阿尔法的书写形式更像三角洲，便有此玩笑。

在数学课上，你……但是，为什么要提卢西奥，你就非得说出卢西奥这名字吗？

白兰地就在那里，你自己倒吧。有时候，我心想你为什么还要费心来看我。你的鞋子会沾上泥，你还要忍受蚊子的叮咬和煤油灯的气味。我知道啦，你不要一脸好心当成驴肝肺的表情了。不是那样的，毛利西奥，但是，实际上，只有你还在了，那时候的那帮朋友，我已经一个都见不着了。而你，每过五六个月，你就会来信，然后，小艇就会载着你来，带着一包书和酒，以及不到五十公里以外的那个遥远世界的消息，也许还有什么时候能将我拽出这座快烂掉的庄园的希望。你可别生气，但你的这种朋友义气简直教我发狂。你明白的，这有点像是一种指责。你走时，我就像个罪人一样坐在那里，觉得自己的狠心决绝似乎都只是疑心病发作的症状，只要去城里逛一逛就能教什么决心都见鬼去。你是那种对我知根知底的好友，而这种好友总是微笑着对我们紧追不舍，就连最糟糕的噩梦也不放过。既然我们说到了做梦，既然你提到了卢西奥，我为何不跟你说说我的梦呢，就像那时候我跟他说一样。梦境里就是在这儿，但是在那时候——已经多少年了，老伙计？——你们大家都常来我父母留给我的小屋待些日子，我们常常去划船，念诗念到头晕，绝望地爱着那最脆弱、最易逝的事物，爱着那被没完没了的天真卖弄所遮盖、被一种傻兮兮的小狗般的温柔所包裹着的一切。那时我们多年轻啊，毛利西奥，我们会那么轻易地陷入自我的哀怨之中，在爵士唱片和苦涩的马黛茶之间爱抚着死亡的意象，而眼前仍有五六十年真切不朽的日子要过。而你是最孤僻的一个，那时候就已经显得坦诚但不失礼数，教人不能像回绝其他直言莽撞的人一样拒绝你。你有点像是局外人似的看着我们，那时候，我就在你身上领略到了猫的特性。跟你说话，就好像是在自言自语似的，也许正是因为这样，别人才会像现在的我这样跟你说话。不过，那时候还有别人在，我们都玩着假正经的游戏。你知道的，青年时期最可怕的就是，在某个无名的黑暗时刻，我们对一切都不再认真，一切都沦落为假正经的肮脏面具，人人都必须把这面具戴在脸上，我成了某某医生，你成了某某工程师，我们一下子被青春抛在身后，开始用另一种方式看待自己，虽然，有一阵子，我们还是保持着老习惯，还是玩着共同的游戏，还是常聚餐，在这一片四下离散、彼此抛弃之中抓着最后的救生圈。这一切都寻常得可怕，毛利西奥，总有些人比另一些人更加难过，有些人像你一样年华老去也一无所感，看到一本自己年少时穿着短裤、戴着草帽或穿着入伍制服的相册也无动于衷……话说回来，我们刚刚在说我那时候做过的一个梦。那个梦开始于游廊这里，我看着芦苇丛上空的满月，听着青蛙叫得无比凶恶。然后，我顺着一条模糊的小路来到河边，沿着河岸慢慢地走着。我感觉自己正打着赤脚，脚陷在泥里。在梦里，我是一个人在岛上，这在那个时候是很奇怪的——要是现在再做这个梦，我就不会像那时一样，觉得那种孤独本身就算得上是噩梦了。孤独，伴着堪堪爬上对岸天空的月亮，伴着潺潺的河流，伴着桃子偶然掉到水里砸扁的声音。现在，连青蛙都不叫了，空气变得黏糊糊的，就像今晚，或者这里的每一个晚上。似乎应该继续走下去，走过码头，顺着海岸的大转弯拐进去，穿过甜橙树林，月光一直照在脸上。我可没有瞎编，毛利西奥，记忆知道哪些东西该保管得一丝不差。我现在跟你讲的就和那时跟卢西奥讲的一样。我慢慢走着，灯芯草渐渐稀疏起来，一块狭长的岬地伸入河中。那里挺危险的，因为都是烂泥，还靠近河道，而且，梦中的我知道那是一条深深的、满是暗流的运河。我一步步走近岬地尽头，陷入被月亮晒得金黄滚烫的泥地里。就这样，我停在水边，看着对岸黑黑的芦苇丛，水到那里就莫名地消失了，而在这边，在这么近的地方，河水阴险地拍着河岸，寻找可以抓附的地方，然后滑开，乐此不疲。整条运河映着月色，无数模糊的剑光蛇影，直刺我的双眼。头顶的一方天空直压后颈和肩膀，让我不得不一直盯着河水。我往上游看去，望见了那溺死者的尸体，它慢慢摇晃着，好像要摆脱河对岸的灯芯草。这时，那一晚出现的原因、我会身处其中的原因，都在那片随波漂动的黑影中得到了解答。那黑影几乎不怎么转动，因为他的一只脚踝或一只手被扯住了，只能软绵绵地漂着，慢慢从灯芯草中挣出，漂入运河的水流中，随着波浪靠近无遮无拦的河岸，那里，月亮将会正正照在他的脸上。

你脸都白了，毛利西奥。我们再喝点白兰地吧，如果你愿意的话。我跟卢西奥说起这个梦时，他脸色也有点苍白。他只跟我说了句："亏你记得住这些细节。"他跟你不一样，你总是彬彬有礼，而我给他讲的时候，他却似乎总想抢着发言，好像害怕我会一下子忘记梦的其他部分似的。但是，还有一些东西没讲到。我刚刚跟你说到，运河的水流让尸体打着转，耍着它玩，迟迟不将它带到我旁边来。在岬地边上，我等着尸体从我脚边漂过的那一刻，好让我看清他的脸。它又转了一圈，一只胳膊软软地摊着，好像还在游泳似的，月光陷入他的胸前，啃咬着他的肚子和苍白的双腿，将仰面躺着的溺死者照了个一览无余。离得那么近，我一弯腰就能抓住他的头发；离得那么近，我认出了他是谁，毛利西奥，我看见他的脸，叫出了声。这声尖叫将我一把推出迷梦之外，让我猛地惊醒，让我喘息着喝下水罐中的水，让我惊恐而迷茫地明白过来，我已经不记得那张刚刚认出来的脸是什么样了。而他却还会继续顺流而下，我闭上眼，想回到水边、回到梦境边缘，我努力回忆，渴望着自己内心深处所排斥的东西，但是，完全没用。总之，你也知道，人过后就会释然了，白天的生活无比润滑地连轴转着，各种节目精彩纷呈。那个周末，你来了，卢西奥和其他人也来了，我们一整个夏天都过得开心惬意。我记得，后来，你去了北方，河口三角洲下了很久的雨，最后，卢西奥在岛上待烦了，雨和其他的一切都让他丧失了活力。突然，我们看着彼此，我从来没想过我们会这样看着彼此。之后，下象棋或看书成了我们的避难所，我们开始厌倦种种毫无益处的退让妥协。当卢西奥回到布宜诺斯艾利斯时，我发誓再也不会等他来了，我叫我的所有朋友，连同那个一天天封闭、一天天死去的青葱乐园，都统统去见他们的鬼。然而，虽然有些人察觉到了，在一句无可挑剔的“再见”以后就再也没出现过，卢西奥却总会不情不愿地回来，我也总是在码头上等着他。我们总是看着彼此，却似乎时空远隔，仿佛真的还身处那个身后越来越遥远的世界，那个他固执地回来寻找、而我几乎是不情不愿地坚守着的可怜的失乐园。你从来没太疑心过这些事，毛利西奥，你泰然自若地在北方某条涧溪中消暑，但是那年夏末……你看到那月亮了吗，就在那边？它开始在灯芯草中升起来，马上就要照上你的脸了。在这个时候，河流的潺潺水声大了起来，很有意思，也不知道是因为鸟儿都静下声来了，还是因为某些声音在黑暗中就是会更加响亮。你看见了吧，不把这故事给你讲完是不应该的，今天晚上，到了这个时候，一切都跟我把梦境讲给卢西奥听的那天晚上越来越一致了。连座位都是相对应的，你现在坐的躺椅就是卢西奥那时的位子，那年夏末，他过来，也跟你一样一言不发，他以前可是说个不停的，当时却只是喝着酒任时间流逝，无所怨恨或是在怨恨着这种全然的虚无，而这满心满眼的虚无纠缠着我们，我们却无从抵抗。我认为我们之间并没有憎恶，那还称不上憎恶，但比憎恶更糟糕，那是一种厌倦：我们的过往岁月有时仿佛一场风暴或一朵向日葵，或者，如果你愿意，也可以是一柄长剑，什么都可以，反正不是那种厌倦，不是那个阴沉、肮脏、像眼中的白翳一样蔓生的秋日，而那时，就在那过往情怀的中心，却生出了这种厌倦。我们在岛上走来走去，亲切而客气，小心翼翼地避免伤害彼此；我们在枯叶上走着，在河岸边那沉沉的、厚厚的枯叶上走着。有时是沉默让我产生的错觉，有时则是一句声调熟悉的话语，也许，卢西奥也常常跟我一起跌入旧时习惯铺就的陷阱中，那些陷阱毫无益处，却狡猾诱人，直到一个眼神或是希望独处的强烈愿望让我们再次直面彼此，依然亲切有礼，依然格格不入。然后他对我说："今晚真美，我们走走吧。"就像你和我现在就可以做的那样，我们从游廊上下去，往那边走，那边的月光会直射入你眼中。我不太记得那条路了，卢西奥一直走在前面，我则踩着他的脚印，再次碾碎枯死的树叶。在某一时刻，我应该就会渐渐认出甜橙树间的小路了。也许得再过去一点，在最后几座庄园和灯芯草地旁边。我知道，在那一刻，卢西奥的身影就成了这场步步重合、夜夜相同的相会中唯一不吻合的地方。一切都没变，所以，当灯芯草地敞开，月光下伸入运河中的岬地和在黄色烂泥上打滑的波浪映入眼帘时，我却并不惊讶。

在我们背后的某个地方，一颗烂熟的桃子掉了下来，落地的声音像一记耳光，有种说不出的滞重。

在河边，卢西奥转过身，看了我一会儿。他说："就是这里，对吗？" 我们没再说起过那个梦，但我回答道："是的，就是这里。"过了一会儿，他说："连这个，连我最隐秘的渴望，都被你偷走了。因为我正是渴望着一个这样的地方，我需要一个这样的地方。你做了一个属于别人的梦。"当他这么说时，毛利西奥，当他用一种毫无起伏的声调这么说着，并朝我跨出一步时，仿佛有些什么东西在我遗忘的记忆中炸裂，我闭上眼，知道我会记起来的，不用看河，我就知道我会看到梦境的结尾。我真的看到了，毛利西奥，我看见了那个溺死者，月光哀哀地俯射在他胸前。溺死者的脸就是我的脸，毛利西奥，溺死者的脸就是我的脸。

你为什么要走？如果你需要，书桌抽屉里就有一把左轮手枪；如果你愿意，你可以向隔壁庄园的人报警。但是，请你留下，毛利西奥，请你再留片刻，听听潺潺水声，也许你最终会感觉到，滚滚河流水波、丛丛灯芯草浪自泥地里滑过，碎成旋流，其中有一双手，在这个时候，正紧紧攥住草根，毫不放松，有什么东西正爬上码头，直起满是污秽和鱼齿印的身子，往这边走来找我。我还能扭转乾坤，我还能再杀他一次，但是，它不会放弃，还会再回来，总有一晚，它会把我带走。它会把我带走，我跟你说，梦会实现它真切的情境。我必须得走，那岬地和芦苇丛会看见我仰面漂过，被月光照映得十分耀眼，梦最终会做完整，毛利西奥，梦最终会做完整。

午餐过后

午餐过后，我本想待在房间里看看书，但是爸妈几乎立刻就过来跟我说我那天下午得带那人出去散步。

我张口就回答说不要，叫别的人带他去，请让我在自己房间里学习。我本来还要说些别的，向他们解释为什么我不喜欢跟他出去，但是爸爸往前跨出一步，开始用那副让我受不了的样子看着我。他盯着我，我感觉到他的目光渐渐嵌进了我的脸，我都快喊出声来了，只好转过身，回答说好的，当然，马上。在这种情况下，妈妈从来都是一言不发，也不看我，但是她会合着手站得靠后一些，我看见她垂到额前的白发，就只能转过身，回答说好的，当然，马上。然后，他们再也没说什么就走了。我开始穿衣服，唯一的安慰就是我要穿上锃亮锃亮的黄色新鞋了。

我走出房门时，是两点钟。恩卡纳西翁姨妈说我可以到最里面的房间里去找他，他很喜欢下午钻到那里去。恩卡纳西翁姨妈肯定察觉到了我因为必须要跟他出去而无比沮丧，因为她用手摸了摸我的头，然后弯下腰吻了吻我的额头。我感觉到她往我兜里放了点东西。

“给自己买点儿什么吧，”她在我耳边说道，“别忘了也给他一点，那样才乖。”

我吻了吻她的脸颊，心里高兴了一些。我走过客厅门口，爸妈正在厅里下跳棋。我大概跟他们说了声再见或者类似的话吧，然后，我拿出那张五比索的纸币，把它抹平，放进钱包里，那里面已经放有一张一比索的纸币和一些钢镚儿了。

我在房间的一个角落里找到了他。我用力抓牢他，我们俩就从院子里走到了通向前面花园的门口。有一两次，我突然很想就这么放开他，回到屋里，跟爸妈说他不想跟我出去，但是，我很肯定，他们还是会把他带过来，逼着我带他去临街的大门口。他们以前可从来没让我带他去市中心，而现在竟让我干这种事，这太不公平了，因为他们很清楚，他们唯一一次逼我带他到路上散步时，就发生了阿尔瓦雷兹家那只猫的惨剧。我觉得自己仿佛还能看见在门口跟爸爸说话的那个警察的脸，还能看见爸爸之后倒了两杯甜烧酒，妈妈则在她的房间里哭泣。他们竟叫我干这种事，这太不公平了。

早上下过雨，布宜诺斯艾利斯的道路是越来越坑坑洼洼了，要是不把脚陷进个把水坑里，就简直寸步难行。我想尽办法挑最干燥的地方走，努力不把我的新鞋打湿，但是，我立刻就看出来他很喜欢往水里踩，我必须使尽全力猛拽才能逼着他跟着我走。即便如此，他还是成功地走到了一块比其他地方更塌下去一点点的地砖边上，等我发现的时候，他已经湿透了,全身到处沾着枯叶。我只能停下脚步,把他弄干净，我觉得邻居们正全程在花园里看着，什么都没说，但是都在看着我们。我不想说谎，我并不介意他们看着我们——看着他，看着带他散步的我——可最糟糕的是杵在那里，手上的手帕一点点被打湿，沾上泥点和枯叶片，而且我还必须抓着他，好让他不能再次靠近那个水坑。再说了，我已经习惯双手插在裤子口袋里在街上逛，吹着口哨、嚼着口香糖，或者一边看着漫画，一边用眼角余光算着从我家到电车站的人行道上的地砖，我对那些路很熟悉，这样，我就能知道我什么时候会经过蒂塔家的门前，或者我什么时候会到达卡拉波波街角。但现在，这些事我都不能做了，手帕也开始打湿我口袋的衬里，我感觉到腿上潮潮的，叫人怎能不相信果然祸不单行。

在这个时间，电车总是很空的，我暗自祈求能让我们俩坐在同一个双人座位上，让他坐在靠窗的一边，他就不会那么惹人嫌。倒不是说他会乱动，但是人们总会觉得他本身就惹人嫌，我能理解。因此，我一上车就很担心，因为电车上几乎坐满了人，没有空着的双人座了。路太长了，我们不能一直站在车门口，售票员会叫我坐下，叫我把他安置在什么地方。因此，我立刻让他往里走，把他带到中间的一个双人座位上，靠窗的那一边有一位女士坐着。也许，最好是坐在他后面盯着他，但是，电车坐满了人，我必须再往前走，坐在更远的地方。乘客们并没怎么在意，在这个时候，人们还在消食，正随着电车的颠簸半梦半醒。但倒霉的是，售票员停在了我让他坐的那个座位旁边，用一枚硬币敲着售票器的铁皮，我不得不转过身，示意他来找我收钱，把钱亮给他看，让他明白他得给我两张票，但那售票员却是那种很没有眼力见儿的呆瓜，只管拿着硬币敲啊敲的。我只能站起身来（现在，有两三个乘客看着我了），走到那个座位旁边。“两张票。”

我对他说。他撕下一张，看了我一眼，然后把票递给我，又往下看了看，带着些轻蔑。“请给我两张。”我又说了一遍，我很确定整个电车的人都察觉到了。那呆瓜又撕了一张票，递给了我，他本想要跟我说句什么，但是我把钱递给他后就转身三步并作两步回到了座位上，头也不回。但最要命的还是我时时都得回头，看看他是不是还老实地待在后面的座位上，这引起了几个乘客的注意。我原本一开始决心只在经过路口的时候回头，但是，每个街区似乎都漫长得可怕，我时时刻刻都害怕会听到一声惊呼或尖叫，就像发生阿尔瓦雷兹家的猫那件事时一样。于是，我开始数到十，就像拳击赛里那样，这大概是走半个街区的时间。一数到十，我就借故回头，比如理理衬衣的领子啊，或者把手伸进外衣口袋里啊，只要看起来像是个下意识的动作或类似的举动，就都行。

大约走了八个街区后，不知怎么，我觉得靠窗边坐着的那位女士好像要下车了。这可要命了，因为她会对他说句什么，叫他让一让，而他若是不搭理，或者说不想搭理，那位女士可能会生气，想强行过去。不过，我对这种情况清楚得很，也一直处于高度紧张中，因此我开始在到达每个路口前都往后看看。有一次回头看时，我觉得那位女士就要起身了，我敢发誓她肯定对他说了句什么，因为她看着他那一边，我觉得她的嘴唇动了。就在这个时候，有一位胖胖的老太太从我座位旁边的一个位子上站起身来，开始在过道上走，而我走在她后面，很想推她一下，在她腿上踢一脚，叫她走快一点，让我赶到那位女士的座位那边，她已经抓起了地上的一个篮子或是什么东西，站起身来准备下车了。最后，我觉得我确实推了老太太一把，我听到她抱怨了一声。我不知道自己是怎么走到那个座位旁边的，但我总算及时把他拽了出来，让那位女士能够在那个路口下车。然后，我让他靠窗坐好，自己坐到了他旁边，心情舒畅，虽然有四五个蠢货正坐在前面的座位上或是站在车门口看着我。也许，售票员那呆瓜已经跟他们说过些什么了。

我们已经开到十一街区了，车外是灿烂的阳光，街道都干了。这时候，如果我是一个人坐车，我会走下电车，步行去市中心，对我来说，从十一街区走到五月广场并不算什么，有一次，我算过时间，正好用了三十二分钟，当然，有时候我也会跑一跑，尤其是最后一段路。但现在，我却必须得顾着那扇窗户，因为曾经有人说过，他可能会突然打开窗户往外跳，只为了找这么个乐子，就好像其他许多旁人无法理解的乐子一样。有一两次，我觉得他就要把窗户往上掀开了，我只得从后面把手伸过去，把窗户压在窗框上。也许这都是我的想象，不过，我并不想去确定他是不是真打算打开窗户往外跳。比如说，当检票员过来时，我就完全忘了这档子事，但他并没有往外跳。检票员是一个又高又瘦的家伙，他在前门门口出现，开始查票，他神情和蔼，有些检票员就是这样的。当他走到我的座位边上时，我把两张票都递给他，他在一张上面打了孔，低头看了看，然后又看了看另一张票。他本来都要打孔了，却拿着那张票在打孔钳的窄槽口停下了手。我一直暗自祈求他能快点打上孔，把票还给我，我觉得电车里的人越来越注意我们这边了。最后，他耸耸肩，在票上打了孔，把两张票都还给了我，我听到后面车门那边有人哈哈一笑，但是，我当然不愿意回头去看。我又把手伸过去，压住了车窗，假装我再也看不见检票员和其他人。在萨米恩托街和利维尔塔德街路口，开始有人下车了，当我们到达佛罗里达街时，车上几乎已经没人了。我一直等到了圣马丁街才让他从前门下了车，因为我不愿意经过售票员那个呆瓜身边，他可能会对我说些什么。

我很喜欢五月广场，当别人跟我说起市中心时，我总是立马就想到五月广场。我喜欢那里的鸽子，喜欢那里的总统府[①]，因为它能给人带来那么多关于历史的回忆，让人想起革命时期落下的炸弹，想起那些曾经扬言要拿金字塔[②]来拴马的军阀们。那里有卖花生和其他东西的小贩，很容易就能找到一张空椅子，要是愿意，还可以再走一走，没多久就能走到港口，看见船只和起货机。因此，我想最好还是带他去五月广场，离汽车和小巴远一点，我们可以在那里坐一会儿，待到该回家里去的时候。但是，当我们从电车上下来，开始顺着圣马丁街走时，我觉得好像有点头晕，我突然发觉，在将近一个小时的车程里，我得一直往后看，还得假装没看见别人在盯着我们看，再加上那个售票员、那个要下车的女士和那个检票员，这一切可把我累惨了。我多想能走进一家奶制品店，要一个冰激凌或是一杯牛奶，但是我很清楚我不能这样做。我知道，只要一个地方能让人们坐着更从容地盯着我们看，我就一定会后悔随随便便带他进去。街上的人来来往往，每个人都在赶路，尤其是在圣马丁街，这里满是银行和事务所，大家的胳膊下都夹着公文包，行色匆匆。因此，我

①阿根廷总统府，也被称为“玫瑰宫”。

②指“五月金字塔”，五月广场上矗立的金字塔形纪念碑。

们一直走到了坎加约街的拐角，然后，当我们在比乌瑟出版社那摆满了墨水瓶和其他漂亮玩意儿的玻璃橱窗前走过时，我感觉他不愿意往前走了，他变得越来越难拖动，无论我再怎么拽（同时努力不引人注意）也还是寸步难行，最后，我不得不停在最后一个玻璃橱窗前，假装望着那些有凸纹图案的皮制办公用具。也许是他有点累了，也许他并不是乱发神经。反正，站在那里并没什么不好，但我还是不喜欢这么做，因为过往的人群更有时间盯着看了，有两三次，我还发觉有人在跟别的人议论他，或是碰碰胳膊肘叫别人看。最后，我再也忍不住了，我再次抓住他，假装走得若无其事，但是，我每一步都走得十分费力，就像在那种梦里似的：脚上穿着成吨重的鞋子，简直抬不起脚。终于，我总算让他那股杵在那里不动的劲头过去了，我们便继续沿着圣马丁街走，一直走到五月广场的那个街角。现在，难题变成了过马路，因为他不喜欢过马路。他能打开电车的车窗往外跳，但是他不喜欢过马路。糟糕的是，要到达五月广场，总得穿过一条车来人往的街道。在坎加约街和巴尔托洛梅·米特雷街的路口，过马路并没那么困难，但是现在我就快要不行了，我手拖着他，觉得他重得要命，有两次，车流停了下来，我们身边站在人行道旁的人们开始过马路，我意识到我们是不可能走得到另一边的，因为他会停在路的正中央，因此，我宁愿一直等到他下定决心。当然了，街角杂志摊的老板已经越来越注意我们，他跟一个我这么大年纪的少年说了句什么，那少年做了个鬼脸，回答了他一句天知道什么话，许多汽车继续开过，停下，再启动，而我们就杵在那里。迟早会有警察过来，这是我们可能会遇到的最糟糕的情况，因为警察人都很好，所以他们会多管闲事，开始问问题，看看你是不是走丢了，而他可能会突然发起飙来，我就不知道最后会怎么收场了。我越想越不安，最后，我真的害怕起来，简直有点想吐了，真的。因此，趁着车流停了下来，我紧紧抓住他，闭上双眼往前拽，身子几乎折成两段。等我们到广场，我松开了他，一个人往前走了几步，然后回过头去。我真希望他就这么死了，希望他已经死了，或者爸妈已经死了，我也终于死了，大家都死了，被埋了，只除了恩卡纳西翁姨妈。

但是，这些想法一下子就过去了。我们看到一张完全空着的、很漂亮的长椅。我轻轻拉住他，然后我们俩坐在那张长椅上看着鸽子。幸好，它们不像猫那样命途悲惨。我买了花生和糖果，把两样都喂他吃了一些。晒着五月广场上的午后阳光，看着来来往往的人群，我们感觉相当不错。我不知道我什么时候冒出了把他丢在那里的念头，我唯一记得的是，我一边给他剥花生一边想着，如果我假装给远处的鸽子扔点什么过去，就可以很容易地绕到金字塔纪念碑后面，这样我就看不见他了。我觉得，在那一刻，我并没有想到回家或是爸妈的表情，因为如果我想到了这些，我就不会干那件蠢事了。要像智者或是历史学家一样考虑得面面俱到应该是很困难的吧，我只想着可以把他丢在那里，把手插在兜里独自在市中心逛逛，在回家之前买本杂志或是进某家店里吃个冰激凌。我接着喂了他一会儿花生米，但是，我已经下定决心。我逮到机会就假装站起身来伸伸腿，我看到他并没注意我是待在他身边还是走开去喂鸽子吃花生。于是，我开始把我剩下的花生都扔给鸽子吃，鸽子围着我到处走，直到我的花生米喂完了，它们也走累了。站在广场的另一头，几乎看不到那张长椅，从总有两个士兵看守的玫瑰宫前穿过也不过是一眨眼的事。我从旁边一直走到科隆大道，妈妈常说小孩子不应该一个人去那条街上。我习惯性地频频回头，但是，他是不可能跟着我的。他现在最有可能正在做的事情是在长椅周围打滚，直到某位好心的女士或是某个警察走过去。

科隆大道只是一条平淡无奇的路，我在那儿走着的时候都发生了些什么事情，我不怎么记得了。也许我正坐在一家进出口商店的橱窗窗台上，然后我的胃开始疼起来，不是像要立刻上厕所的那种疼，而是靠上面一点，真的是胃在疼，就好像我的胃在一点点绞动似的；我想呼吸，但是很困难，因此我只得一动不动，等着这阵痉挛过去。我眼前只见一片绿色和许多飞舞的小斑点，还出现了爸爸的脸，最后，就只剩下爸爸的脸，因为我已经闭上了眼睛，我觉得我闭上了，而爸爸的脸就在那一片绿色之中。过了一会儿，我能呼吸得更顺畅了，有几个男孩看了我一会儿，有一个对另一个说我是闹肚子了，我却摇摇头说没什么，说我总是胃痉挛，但是很快就会过去。有一个说，如果我愿意，他就给我去找杯水来，另一个则建议我把额头擦擦干，因为我正在流汗。我笑了笑，说我已经没事了，我迈开脚步，只求他们离开，好让我一个人待着。确实，我在流汗，汗水都顺着眉毛滴了下来，一滴咸咸的水流进了我一只眼睛里，于是我拿出手帕，擦了擦脸，我感觉嘴唇破了点皮，一看，是一片粘在手帕上的枯树叶划破了我的嘴。

我不知道自己花了多长时间才回到五月广场。我在半路摔了一跤，但在被人看见以前就爬了起来，狂奔着穿过玫瑰宫前驶过的车流。我远远地看见他没有离开那条长椅，但我还是继续跑啊跑，直到我跑到了长椅那边，我累得一瘫，把鸽子吓得四散飞离，人们纷纷侧目，带着那种看见奔跑中的孩子时才有的神情，就像奔跑是一种罪过似的。过了一会儿，我把他收拾干净，说我们得回家了。我这么说，是要让自己听见这话，要让自己高兴一点，因为跟他在一起，唯一管用的就是紧紧抓住他、带着他，因为他不听人说话，或者是他假装不听。幸好，这一次过马路时他没有胡来，而刚开出站的电车也几乎是空的，因此我让他坐在第一个座位上，自己坐在旁边，一路上我没有回过一次头，连下车的时候都没有。最后一个街区的路我们走得很慢，因为他老想跳进水坑里，我则费了很大劲想要在干的地砖上走。但是，我并不介意，我一点也不介意。我一直都在想："我丢下过他。"我看着他，心里想着："我丢下过他。"虽然我并没有忘记科隆大道上的事，但是我感觉非常好，几乎有点自豪。也许下一次……这并不容易，但也许……谁知道爸妈看见我手牵着他回家时会怎么看我。当然，他们会很高兴我把他带到市中心去散步了，父母们总会因为这种事情而高兴；但是我不知道为什么，在那一刻，我竟突然想到，有时候爸妈也会拿出手帕来擦擦脸，手帕上也会有一片枯树叶将他们划伤。

美西螈

曾经有一段时间，我总是想着美西螈。我常到巴黎植物园[①]的水族馆去看它们，一看就是好几个钟头，观察它们的纹丝不动，诡秘来去。而现在，我就是一只美西螈。

我是在某个春日上午偶然走到美西螈那里的，那时的巴黎在漫长的冬季后如孔雀般绚烂开屏。我沿着皇家港大道下行，走到圣马塞尔路，再转入医院大道，我看见一片阴沉灰涩中的点点绿意，便想到了狮子。我很喜欢狮子和金钱豹，却从来没有走进过昏暗潮湿的水族馆。我把自行车靠着栅栏停放好，接着去看了看郁金香。那一天，狮子们一脸苦相，

①位于法国巴黎第五区，塞纳河左岸，紧邻法国国家自然博物馆。巴黎植物园不仅是一座世界闻名的植物园，其附设的动物园也享有盛誉。

很是难看，我的金钱豹则在睡觉。于是，我决定去水族馆。我避开那些毫无特点的鱼类，不期然见到了美西螈。我盯着它们看了一个钟头才离开，满脑子再也想不了其他事。

在圣热纳维耶芙图书馆，我查了字典，了解到美西螈原来是一种钝口螈属蛙类的幼体。我已知道它们来自墨西哥，因为它们自身的独特之处，它们那阿兹特克式[①] 的玫瑰色小脸，还有水族箱顶部的标牌都彰显了这一点。我看到字典里说在非洲发现了一些美西螈种群，它们在旱季时可以在陆地上生活，到了雨季则又能栖息在水中。我找到了它们的西班牙语名称：ajolote。字典里面还提到它们是可以食用的，它们的油脂曾经（现在大概已经不这么用了）被当作鳕鱼肝油服用。

我并不想查阅更多有关专著，不过，第二天，我又去了巴黎植物园。然后我开始每天上午都去那里，有时候上下午都去。水族馆的门卫接过门票时，总是摸不着头脑地微微一笑。我倚在水族箱四周围起来的铁栏杆上，开始看着那些美西螈。这也全然不出奇，因为，从一开始，我就明白我们是

①阿兹特克文明为公元 14－16 世纪的墨西哥古文明，为拉丁美洲重要土著文明之一。

息息相关的，有某种东西，虽然永远失落了，虽然无比遥远，却仍然把我们联系在一起。在最初的那个早晨，仅是停在水中冒着气泡的玻璃水箱前，就足以让我明白这一点了。美西螈都挤在水族箱底，那里布满石块和苔藓，既窄小又逼仄（只有我才知道有多窄小、多逼仄）。一共有九只美西螈，大多将头靠在玻璃上，用金黄的眼睛盯着走到近旁的人们。我慌了神，简直有点不好意思，觉得探头盯着这些安安静静、一动不动地堆挤在水族槽底的小东西看，好像挺不要脸的。我在心里把其中一只待在右侧、离其他同类有点远的美西螈分隔开来，好好地研究了一番。我看到它玫瑰色的、仿佛半透明的小小身躯（我想到了那些由乳白色玻璃制成的中国小雕像），有点像一只十五厘米长的小蜥蜴，屁股上长着一条极其细嫩的鱼尾巴，这是我们身体上最敏感的部位。沿着脊背而下，长着一排透明的鳍，与尾巴连在一起，但是，最叫我着迷的是它的腿，特别纤细、轻盈，脚尖上是几个小趾头，趾甲极小，像极了人类。然后，我看见了它的眼睛、它的脸。毫无表情的脸上，除了眼睛再无其他器官。那双眼睛是两个状如大头针针头般的孔洞，全然一片透明的金黄色，毫无生气，却仍在瞪视着周遭，任由我的目光深入其中，我仿佛穿过了那金黄的一点，迷失在那一片透明清澄的内里谜境中。它眼睛的四周绕着一圈极细的黑色晕轮，印刻在玫瑰色的皮肉上，在它那如玫瑰色石头一般的脑袋上。它的脑袋微微呈三角形，但边缘是不规则的曲线，使它像极了一尊被时间消磨腐蚀的雕像。它的嘴隐藏在三角形的脸下方，只有从侧面看，才可以窥见它的嘴其实是很大的；从前面看，只有一条细细的裂缝，浅浅地划过那块没有生气、不见表情的石头。在头两边本该长耳朵的地方，长着三根珊瑚似的红色小芽，某种像植物似的赘生物，我猜那是鳃。那是它身上唯一活动的东西，每隔十到十五秒，那些小芽就会绷直、立起，再放松、下弯。有时候，它也会微微动一动腿，我看着那些细小的脚趾轻轻地停放在苔藓上。我们确实不喜欢多动弹，水族箱也太狭小，一旦我们往前挪一点，就会碰到其他伙伴的尾巴或是脑袋，我们便会因此争吵、打斗，累得很。如果我们一动不动，时间就不会这么难熬。

我第一次看见美西螈时，正是它们的静如止水吸引我着了迷似的弯腰观看。我莫名地自觉很明白它们内心的隐秘愿望，想不动分毫、万事不惊，以便消弭时空。但之后，我知道事实不仅如此，它们鳃的收缩、细细的腿在石子上的轻踏、在水中的倏忽游动（有几只只需摆动一下身子就能游起来）都在向我证明：它们有能力摆脱那种持续数小时的了无生气的倦态。它们的眼睛尤其让我着迷。在它们旁边的其他水族箱里，我看到各种各样的鱼类漂亮的眼睛，与我们的很相似，但其中却只透着愚蠢。美西螈的眼睛则对我诉说着一种与众不同的生命存在,另一种视角的存在。我把脸贴在玻璃上（有时候，门卫会不安地咳嗽一声），努力看清楚那些金黄色的细小斑点，那是个入口，通往这些玫瑰色生物无限缓慢而遥远的世界。用手指敲击它们脸庞跟前的玻璃是没有用的，从来看不到它们有一点反应。那一双金色的眼眸不住地闪着那种甜蜜却可怕的光芒，从某个令我头晕眼花的不可见底的深处不住地盯着我。

不过，它们其实与我们很相近。在这一切发生之前，在成为一只美西螈之前，我就知道这一点。我在第一次接近它们的那一天就知道了这一点。与大多数人的认知相反，猴子那酷似人类的五官恰恰显示出它们与我们之间的差别之大。美西螈与人类之间完全没有相似之处，这却正向我证明了我的感觉是对的，我没有光看浅显的表象。只不过那一只只小手一般的爪子……但是，壁虎也有那样的爪子，而壁虎跟我们可没有一点相像的地方。我觉得关键在于美西螈的脑袋，那个镶着金黄色小眼睛的玫瑰色三角形。那玩意儿对一切冷眼旁观，洞悉于心。它在声明。它们可不是无知牲畜。

将一切归于神话故事似乎很容易，几乎是一种必然。在美西螈身上，我开始看到一种变异，而这种变异还没能将某种神秘的人类气息尽数祛除。我想象着它们是有自我意识的，却被这副躯壳所困，注定永远陷入无底的沉默、绝望的冥思。它们那种没有焦距的目光，那双虽然冷淡漠然却无比明澈的金色小圆轮，深深地看着我，仿佛在传达一个讯号："救救我们，救救我们。"我惊觉自己正低声呢喃着一些安慰的话语，传递出一些天真的希望。它们还是看着我，一动不动，只有玫瑰色小芽状的鳃不时蓦地绷直。在那一刻，我仿佛感到一阵隐痛，也许它们看见了我，感觉到我正努力探入它们生命中最不可窥探的部分。它们不是人类，但我从未在任何动物身上找到跟我自身如此深切的关联。美西螈仿佛在见证着什么，有时候，它们又像是可怕的审判者。在它们面前，我自觉卑微、下贱；在它们那透明的眼眸中有一种惊人的纯净。它们是幼体，但是，"幼体"既意味着伪装真我的面具，也可以表示不得安宁的幽灵[1]。那一张张阿兹特克式的脸庞，没有表情，却有种噬骨的残忍，在那背后，是什么在等待着自己的时辰到来呢？

我怕它们。我觉得，要不是因为感觉到还有其他游客和门卫在旁边，我大概不敢一个人跟它们待在一起。“您的目光快能把它们给吃掉了。”门卫笑着对我说，他大概猜想着我有点儿不正常。他没发觉其实是它们在用目光慢慢吞噬我，带着一种金黄色的嗜血残忍。离开水族箱后，我除了想着它们再也干不了其他事情，就像是它们在远方操纵着我。我每天白天都去，晚上则幻想着它们在黑暗中一动不动，慢慢往前伸出一只爪子，就会立马碰上另一只美西螈的爪子。也许，它们的眼睛在暗夜中也看得见，对它们而言，白天没有尽头。美西螈的眼睛是没有眼睑的。

现在，我已明白这没有什么好奇怪的，这一切都是注定要发生的。每天上午，当我在水族箱前弯下腰来时，这种感觉就愈发强烈。它们在受苦，我身体里的每一根神经都能感受到这种无言的痛苦、水底的酷刑。它们在窥伺着什么东西，一片久已失去的领地、一段过去的自由时光，那时，整个世

①西班牙语里的“larva”一词，既可指“幼体”，也可指“不得安宁的幽灵”。

界都归美西螈所有。这种表情如此可怕，甚至可以打破那张石头一样的脸上强装出的淡漠，它必定传递着某种痛苦的讯息，印证着它们在这水中地狱里经受的永生刑罚。我想要证明，我自己的感觉在美西螈身上投射出了某种并不真实的意识，但这只沦为徒劳。它们和我都知道这一点。因此，所发生的一切都没什么好奇怪的。我的脸贴在水族箱的玻璃上，我的眼睛正再次尝试进入那双没有虹膜、没有瞳孔的金黄眼眸中的秘境。我凑得很近，看着玻璃旁一只一动不动的美西螈的脸。突然之间，毫不意外地，我看见我的脸顶在玻璃上，在水族箱外，在玻璃的另一边。然后，我的脸移开了，我明白了。

只有一件事很奇怪：我还像以前一样思考，能明白一切。最初发现这一点时，我就如同被活埋的人在坟墓中清醒过来一样感到恐慌。水族箱外，我的脸又靠近了玻璃，我看见了我那因努力想弄懂美西螈而紧闭的双唇。我就是一只美西螈，现在我立刻明白，要弄懂是完全不可能的。他在水族箱外，他的思想是水族箱外的思想。我了解他，我就是他，但我也是一只美西螈，身处在我的世界中。恐慌是因为——就在那一刻，我明白过来——我发觉自己被囚禁在一只美西螈的身体里，转生成螈，却带着人类的思想，被活埋在一只美西螈体内，承受着不得不神志清醒地与这些毫无灵智的生物一起生活的判罚。但是，当一只脚擦过我的脸，当我稍稍移过身子就看见我旁边有一只美西螈在看着我时，我意识到他也明白了一切，虽无法交流，却无比明了，那恐慌便由此消失了。也许，我也在他体内，也许我们大家都像人类一样思考着，只是有口难言，只能靠着我们眼中的金黄色光芒，看着贴在水族箱玻璃上的人类的脸。

他又来过很多次，但现在他来得少了。他常常好几个星期也不会出现。昨天，我看到他了，他看了我很长时间，然后突然离去。我觉得，他已不再对我们那么感兴趣了，来这儿只是习惯使然。由于我唯一做的事情就是思考，因此，我能够常常想着他。我想到，我们一开始是相连相通的，他觉得自己与令他痴迷的玄秘比任何时候都更加紧密合一。但是，他与我之间的桥梁已被切断，因为他曾经的执念如今成了一只美西螈，与他作为人类的生活再无关联。我相信，我原本可以在某种形式上——啊，只是在某种形式上——回到他身边，让他继续保有这种想要更加了解我们的愿望。而现在，我已完全是一只美西螈了，如果说我像人类一样在思考，那只是因为在那玫瑰色石头般的外表下，每一只美西螈都在像人类一样思考。我觉得，在一开始的那几天里，当我还是他的时候，我把所有这些信息都多少传达了一些给他。而他已不再来了，在这最后的孤寂中，我欣慰地想着他也许会写些关于我们的事，他会以为是自己虚构出了一个故事，写下关于美西螈的这一切。

夜，仰面朝天

在某些时节，他们会出去虏获敌人，

他们称之为荣冠之战[1]。

酒店长长的门厅走到一半，他心想应该要迟到了，于是赶紧出门跑到街上，从角落里取出摩托车，是隔壁的门房允许他停在那里的。在转角的珠宝店里，他看见才九点差十分，他有大把时间赶到他要去的地方。阳光从市中心的高楼大厦之间透射而下，而他——因为对他自己而言，在心中默想时，他是没有名字的——骑着摩托车，惬意驶去。摩托在他胯下隆隆作响，凉风啪啪地拍打着他的裤子。

①荣冠之战（guerra florida）为中美洲土著文明特有的一种以献祭为目的的战争。通常发生在特大干旱的季节，多个部落之间达成协议，发动战斗，捕捉对方的战士作为俘虏，祭祀神明，求得庇佑。

他经过了政府办公大楼（玫瑰色那栋和白色的那栋），以及中央大街上一排橱窗闪亮的商店。现在，他进入了这段路程中最宜人的部分，真正的惬意畅游开始了：一条长长的林荫道，车辆不多，路边只有一座座宽绰的别墅，它们的花园几乎漫上了人行道，仅由低矮的栅栏勉强隔开。他也许有些走神，但还是按规矩靠右行驶，只是任由自己沉浸在崭新一天的习习微风和明媚清新中。也许，正是他不自禁的放松让他没能避免那场事故。当他看见站在街角的那个女人无视绿灯冲上大路时，他已经没法轻易避过去了。他脚踩闸、手按把，将车一刹，人往左边偏去；他听见那女人的尖叫，接着是一下猛撞，随即眼前一黑，就好像是突然睡过去了似的。

他猛地从昏迷中清醒过来。四五个年轻男人正在把他从摩托底下往外拖。他尝到咸咸的血腥味，他的一侧膝盖很疼。被抬起来时，他尖叫了一声，因为他无法忍受右边胳膊上的重压。有几个声音在用玩笑和保证来为他打气，但这些声音好像并不属于悬在他上方的那几张脸。他唯一的安慰是听到有人证实他穿过路口时并没有违规。他问起那女人的情况，一边试着控制住不断涌上喉咙的恶心。当他被仰面抬到附近的一间药店时，他得知造成这场事故的女人只不过腿上有一些划伤。“您几乎没怎么碰着她，倒是您的摩托车被撞得斜飞出去了……”人人提建议，个个谈感想，慢点儿，把他躺着抬进去吧，这样他才会舒服点儿……有个穿着罩衫的人给了他一口酒喝，在那间街区小药店的昏暗中，这酒让他舒了一口气。

警方的救护车在五分钟以后到达，他被抬上一张柔软的担架，在上面他可以舒服地平躺着。他十分清醒，但也知道自己还没从一次严重的休克中完全恢复，所以他向陪伴着他的警员说明了自己的住址。他的胳膊几乎不疼了，眉毛上的一处割伤正滴着血，流得满脸都是。他舔了一两下嘴唇，咽下血滴。他感觉还行，毕竟那是一场意外，运气不好；静养几个星期就没事了。警察对他说，摩托车似乎并没怎么受损。“那当然，”他说，“我可是在底下给它垫着呢……”两人都笑了。到了医院后，警察跟他握了握手，祝他好运。恶心的感觉又渐渐涌上来，人们用担架床推着他，经过满是小鸟的树下，往最靠里的一栋楼推去。他闭上双眼，希望自己能睡着或是能被麻醉过去。但他却在一个充满医院气味的房间里待了很长时间，有人帮他填表，为他脱下衣服，又换上一件硬邦邦的淡灰色衬衣。他们小心翼翼地挪动着他的胳膊，没把他弄疼。护士们一直开着玩笑，要不是因为他的胃一下又一下地痉挛，他会觉得自己状态很好，甚至还挺开心。

他被带到放射科，二十分钟以后，他的胸口放着一张潮乎乎、像块黑色墓碑一样的X光照片，进了手术室。有一个穿着白大褂、又高又瘦的人走到他旁边，开始看那张X光照片。有一双女人的手把他的头摆正，他觉得自己正从一张担架床被抬到另一张上。白大褂再次微笑着走近了他，右手拿着某样锃亮的东西。医生拍拍他的脸颊，对站在后面的某个人做了个手势。

作为一场梦，那还是挺奇特的，因为梦里充满了各种气味，他以前可从来不会梦到气味。首先，是一股沼泽的气味，因为那条路的左边便是海滨沼泽，那些从来没人能活着走出来的颤沼。但是，那气味随即消失，取而代之的是一股混合的香气，阴沉难测，就像他逃离阿兹特克人的那个夜晚。是的，一切都再自然不过了，他必须逃离阿兹特克人的魔掌，他们正到处猎杀敌人，而他唯一的希望就是躲在雨林最茂密的深处，留心着不要偏离那条只有他们这些摩泰克族人才认识的狭窄道路。

最折磨他的是那股气味，虽然他完全清楚自己是在做梦，但似乎仍然有什么东西与这非同寻常、此前从未出现过的一切格格不入。“这是战争的气息。”他想，本能地摸了摸那把插在羊毛编织腰带上的石制匕首。一声突如其来的声响吓得他弯下腰一动不动，不住发抖。会害怕并不奇怪，在他的梦境中，恐惧无处不在。在灌木枝叶的遮盖下，在没有星光的黑夜掩护下，他等待着。远远的，也许是在大湖的另一边，好像正燃着篝火，一簇泛红的光亮点染了那一方天空。那声响没有再出现。也许是树枝断裂的声音。也许是一只动物在像他一样逃离战争的气息。他慢慢直起身，嗅着气味。什么声音也听不到，但是恐惧还在，那气味也在，那荣冠之战的甜腻焚香味。必须继续走，必须绕开沼泽直达雨林的中心地带。他摸索着，不停地俯下身触摸小路坚实的地面，往前走了几步。他想跑起来，但是那些颤沼就在他身边汩汩冒泡。在昏暗的小路上，他寻找着方向。然后，他察觉到一股他最为惧怕的浓烈气息，他绝望地往前一跳。

“您会从床上掉下去的。”旁边的病人说，“别这么乱跳，伙计。”

他睁开双眼。是下午了，太阳低垂，落到了狭长病房的窗前。他努力对邻床的人笑了笑，脱离了那场无比真切的噩梦的最后一幕。打上了石膏的胳膊悬挂在一个有砝码和滑轮的器械上。他觉得口渴，就好像刚刚跑了好几公里似的，但是他们不愿意让他多喝水，只让他润了润唇、漱了漱口。高烧慢慢征服了他，他本可以再次沉睡过去的，但他却眯着双眼，听着其他病人的对话，时不时回答一个问题，品味着这清醒的快感。他看到一辆白色小车推了过来，停在了他的床边，一位金发护士用酒精擦了擦他的大腿前部，给他扎上了一根很粗的针头，针头连着一根管子，往上是一只装满了乳白色液体的小瓶子。一位年轻的医生走了过来，手里拿着一个带皮管的金属器具，把这东西在他没受伤的那只胳膊上绑紧，检查着什么。夜沉下来了，发烧的热度软绵绵地缠着他，各种事物似乎都被凸出、放大了，就像是从看戏用的小望远镜里看到的那样，一切都很真实、柔和，但同时又有点令人厌恶；就像在看一部电影，电影很无聊，但你想着上街会更糟糕，所以还是留了下来。

有人端来了一碗无比香浓的黄金汤，有韭葱、芹菜和欧芹的味道。一小块面包，一点点碎成细屑，好吃得赛过山珍海味。他的胳膊一点也不疼了，只有眉毛上缝过针的地方还时不时地有热辣辣的刺痛一颤而过。当面前的窗户都变成深蓝色块，他想，他应该很容易就能睡着。他仰面躺着，有点不太自在，但当他用舌头舔过干燥而滚烫的双唇时，他立刻尝到了汤的味道。他惬意地舒了口气，沉入了梦乡。

首先是一阵迷糊，千般感觉朝他一涌而来，一时间混沌而迷乱。他知道自己正在一片漆黑中奔跑，虽然头顶横布丛丛树冠的天空其实比周遭稍稍亮一些。“那条路，”他心想，“我偏离了那条路。”他的双脚陷进层层树叶和泥泞中，他每跨出一步，灌木的枝丫都会抽打他的身体和双腿。虽然四周黑漆漆的，也很安静，但他知道自己已然走投无路，他喘息着，弯下身来仔细探听。也许，那条路就在附近，明早晨光一现，他就能再看见它。但现在，没有任何东西能够帮他找到那条路。他一直无意识地握紧匕首刀柄的手这时像沼泽中的蝎子一样摸上了他的脖子，那里挂着他的护身符。他微微动唇，低喃着能求来好运的玉米颂和对赐予摩泰克族人安乐的无上女神的祈祷词。但同时，他感觉到他的脚踝正在慢慢陷进泥里，在漆黑中，在陌生的灌木丛中这样等待让他难以忍受。荣冠之战随月升而起，已经进行了三天三夜。如果他能躲进雨林深处，离开沼泽区幽处的路，也许，战士们就无法寻到他的踪迹了。他想起了已经被他们俘获的众多囚徒。但是，重要的不是人数多少，而是祭神的时节。这场狩猎不到祭司们示意收兵是不会结束的。万物起灭都有定时，而他正身处祭神的时节里，他就是狩猎者追逐的对象。

他听见叫喊声，便握着匕首一跃而起。地平线上，天空好像烧着了似的，他看见树枝间有许多火把在移动，离他好近。战争的气息令人难以忍受，当第一个敌人迎面朝他扑来时，他几乎是满心快感地将石刀尖刃插入了敌人的胸膛。点点火光、声声欢呼已将他团团围住。他才用匕首在空中挥了一两下，一根粗麻绳就从背后绑住了他。

“这是因为发烧。”隔壁床上的人说，“我十二指肠开过刀以后也有过一样的情况。喝点水，您就会发现您睡得好些了。”

与他刚刚告别的黑夜相比，他觉得病房里温暖的昏暗是那么美妙。一盏紫色的灯在房间远端的墙壁上方守着，就像一只保护着他的眼睛。他听到有人咳嗽，有人粗声呼吸，时不时还有人低声交谈。一切都舒适、安全，没有追捕，也没有……但是他不愿继续想那场噩梦了。有很多东西可供消遣呢。他开始看看胳膊上的石膏，看看那架把胳膊无比舒服地支在空中的滑轮。他们在他的床头桌上放了一瓶矿泉水。他就着瓶嘴直灌，喝得津津有味。现在，他能看清病房的情形了，有三十张病床和带玻璃门的柜子。他应该烧得不那么厉害了，他觉得脸挺凉的。眉毛也不怎么疼了，好像那已是很久远的事。他又看见自己走出酒店，取出摩托车。谁能想到事情最后竟会这样收场？他尝试着定格事故发生的那一刻，但恼火地发现那里仿佛只有一处空洞、一段他无法填补的空白。在那一下撞击和他被人从地上抬起来的那一刻之间，一阵昏迷或是什么东西让他什么也看不到。同时，他觉得这段空白，这种虚无，仿佛已存在很长时间了。不，不只是时间长短，在那个空洞中，他更像是穿越了什么东西或是走过了漫长的路程。那一下撞击，那一下重重地撞上路面。不管怎么说，当人们把他从地上抬起来时，他从深井般的黑暗中醒来，立刻松了一口气。虽然胳膊很疼，虽然划破的眉毛在流血，虽然膝盖挫伤，但他苏醒过来后，感觉到自己有人扶助、有人救治，还是感到宽慰。这挺奇怪的。他得什么时候问问住院医生。现在，睡意再次袭来，将他慢慢拖入梦乡。枕头好柔软，发烧的喉咙里有矿泉水的清凉。也许他可以真的休息一下，再没有那该死的噩梦。高处那紫色的灯光渐渐熄灭了。

由于他是仰面睡着的，所以当他再次恢复意识、也是这个姿势时，他并没有感到惊讶；但是，那潮湿的气息，那水滴在石头上的气息，却让他喉头一紧，迫使他反应过来。睁开双眼四处看也没有用，周遭一片漆黑。他想直起身子，却感觉到手腕和脚踝上都绑着粗麻绳。他的四肢都被绑在木桩上，钉在地上，钉在一片潮湿、冰冷的石板地上。寒意侵蚀着他裸露的背脊和双腿。他笨拙地想用下巴碰碰护身符，却发现护身符已被人扯掉。现在他完了，再没有祈祷词能救他脱离大难了。远远地，他听见庆典的鼓声，仿佛从地牢的石缝中穿透而入。他被带到了神庙里，他就身处神庙的地牢中，等待着自己的终结。

他听到一声叫喊，一声在墙壁间回荡的嘶哑叫喊。又一声叫喊，最后变成一声呻吟。那在黑暗中叫喊的，就是他自己，他叫喊是因为他还活着，他的全身都在用这喊声抵御着即将到来的一切，抵御着那避无可避的终结。他想到了那些将占满其他地牢的同伴们，想到了那些正登上祭坛台阶的同伴们。他又呜咽着叫了一声，几乎张不开嘴，因为他的颌骨僵住了，但同时他的颌骨又像是橡胶做的似的，正在无比费力地慢慢打开。门闩的嘎吱声像抽鞭一样吓得他一抖。他哆哆嗦嗦地扭动着身子，想努力挣脱箍进肉里的绳索。他用比较有力气的右胳膊猛拽，直到疼得难以忍受，他才不得不停手。他看到门往两边打开，火光未到，他就已经闻到了火把的气味。仅围着一条仪式用缠腰布的祭司侍从们走向他，鄙夷地看着他。火光映在汗淋淋的身体上，映在插满羽毛的黑发上。他们松开绳索，再用像青铜般坚硬的滚烫手掌抓紧他。他觉得自己被抬了起来，被四个侍从猛拽着，拖上狭窄的过道，一直仰面朝天。举火把的人走在前面，微微照亮过道。过道的墙壁湿湿的，天花板低低的，侍从们都必须低垂着头。现在，他们抬着他走啊走，走啊走，这就是终结。他仰面朝天，离尖石嶙峋的天花板仅一米之遥。时不时，火把会将天花板照亮。等到天花板消失、星辰出现时，等到吼声如火、舞蹈如荼的石阶在他面前向上延伸时，那就是终结。过道长得没个尽头，但它马上就将走完，他马上就会闻到缀满繁星的自由空气，但是，还没有，他们还在粗暴地猛拽着他，在红色暗影中不停地向前。他并不愿意这样，但是，他能怎么阻止这一切呢？他们已经抢走了护身符，那是他真正的心脏，生命的中心。

他蓦地跳回到了医院里的夜晚，跳回到舒适的、光滑的、高高的天花板下，跳回到包裹着他的柔和暗影中。他想他肯定尖叫过，但他的病友们都安静地睡着。在窗户的蓝色暗影衬托下，床头桌上水瓶里的水仿佛正冒着气泡，如一幅半透明的影像。他气喘吁吁，想让肺部顺顺气，想忘记那些依然贴在他眼皮上的种种影像。他每次闭上眼睛，这些影像就会立刻呈现出来，他便害怕地直起身子，但与此同时，他也很开心，因为他知道自己是醒着的，知道不睡着就会没事，知道天就要亮了，到了那时，他就可以睡个沉彻的好觉，没有异象，什么也没有……他很勉强地睁着双眼，但他熬不过睡意。他做了最后一次努力，用没受伤的手作势伸向水瓶，但他没能拿到它，他的手指收紧，再次落入黑暗和虚空。过道仍然没有尽头，一块石头接着一块石头，时不时还突闪出微红的光芒。他仰面朝天，喑哑呻吟，因为天花板快要到头了，它渐渐升高，大张如暗影之嘴。侍从们直起了身子。天顶一弯残月照在他的脸上，但他的双眼不想去看，于是绝望地闭了又睁，希望能回到另一边，能再次看见病房中那保护着他的光滑的天花板。但他每次睁眼，却只有黑夜与残月，他们抬着他走上石阶，现在，他的头是倒垂的。高处，有篝火在燃烧，有红色烟柱，香烟弥漫。突然，他看到了那块被喷涌的鲜血染成红色、浸得锃亮的石头，还看见了上一个祭品的脚左右摇晃，他正被人拖开，扔下北边的石阶。他带着最后的希望紧闭双眼，呻吟着试图醒过来。有一瞬间，他以为他能办得到，因为他又一动不动地躺在床上了，不再头朝下地摆来摆去。但是死亡的气息还在，他睁开双眼，看见满身是血的祭司手中拿着石刀走了过来。他再次闭上双眼，但他现在已经知道他不会醒过来了，他知道他就是醒着的，他知道那另一个世界才是场奇妙的梦，就像所有的梦境一样荒唐：在那梦里，他走过一座奇特城市中的古怪道路，那里有绿光，有红光，即便没有火焰或烟尘也照样燃烧着；还有一只巨大的金属怪虫，在他胯下嗡嗡作响。在那场梦境的无限虚幻中，他也被人从地上抬了起来，也有人手拿着一把刀靠近他身边。而他，仰面朝天。他双目紧闭，在篝火之间，仰面朝天。

游戏的终结

天热的时候，我、莱蒂西亚和奥兰达常常去阿根廷中央铁路公司的铁道上玩。我们会等着妈妈和露丝姨妈开始睡午觉，然后从白色大门溜出去。妈妈和露丝姨妈在洗完碗碟以后总是很累，尤其是有我和奥兰达帮忙擦盘子的时候，因为我们会吵架啦，把小勺子掉一地啦，说些只有我们才明白的话啦，一般来说，充斥着油脂气味和何塞喵喵叫声的昏暗厨房里最后总会搅出一场火爆至极的吵闹，然后便是一团混乱。奥兰达擅长惹出这种乱子，比如，她会把一个洗过的杯子掉进脏水桶里，或者假装不经意地说罗萨家的姑娘们有两个女佣，服务可周到了。我则常用别的法子。我更喜欢对露丝姨妈暗示说，她要是继续刷锅，而不去洗杯子或盘子，手就会发皴，而杯子盘子正是妈妈喜欢洗的，这样一来，她俩便会为了占点儿干轻巧活的便宜而发动无声的战争。而当我们听腻了絮絮叨叨的教诲和冗长乏味的家族往事时，最有气概的把戏就要数往猫背上倒开水了。俗话说，被水烫过的猫咪连冷水都怕，但除非浇冷水这个部分是字面意思上的，否则这可是个天大的谎言，因为何塞可从来不会被热水吓跑，可怜的小东西，他甚至像是欢迎我们把半杯一百摄氏度的开水倒到他身上，或者不到一百度，也许要低得多，因为他从来没因此掉过毛。一切都是为了大闹一场，而这一片鸡飞狗跳总会以露丝姨妈的绝妙高音与妈妈跑去拿惩罚人用的藤杖画下完美句点，奥兰达和我则早已趁乱溜过走廊，跑到最里头的空房间去了，莱蒂西亚就在那里等着我们，一边读着彭松·杜·特拉耶[①]的书，那些让人搞不明白的书。

通常，妈妈会追出我们好远一段路，但是，想打破我们头的愿望总是很快就过去了，最后（我们已经闩上了门，用热切又夸张的话来求她原谅），她也倦了，悻悻而归，走开

①彭松·杜·特拉耶（Ponson du Terrail, 1829－1871），法国作家，其最著名的作品是一系列冒险小说，下文中出现的罗康波尔（Rocambole）即该系列小说的主人公。

时总说着同一句话：

“迟早会被扔到街上去的，你们这些小混蛋。”

而我们迟早会去的地方其实是阿根廷中央铁路公司的铁道。当整个房子安静下来，当我们看见猫也趴到柠檬树下好睡个花儿香、蜂儿鸣的午觉时，我们便会慢慢打开白色大门；等到一关上那扇门时，就仿佛有一阵风吹过，仿佛有一股自由的感觉牵着我们的手，驱引着整个身体，推着我们向前进。然后，我们会跑起来，好借力一下子爬上铁轨的小斜坡，登上那世界的巅峰，静静地欣赏我们的王国。

我们的王国是这样的：铁路的一个大弯道正好在我们家屋后的土地前拐过，那里只有路基、枕木和双轨；铺路石缝间长着稀稀疏疏、呆模呆样的牧草，还有云母、石英、长石——花岗岩的成分，在下午两点的阳光下，它们像真正的钻石一样闪闪发光。当我们弯腰去摸铁轨时(不能多耽搁，因为在那里久留是很危险的，不只是怕火车，更是怕家里人看见我们)，石头的滚热会袭上我们的脸；当我们迎着河风站立时，又会有一股湿热黏上面颊和耳朵。我们喜欢弯腿蹲下去，站起来，再下去，在两个高温区之间来来去去，看着彼此的脸来观察出汗的情况，就这样，我们很快便会汗流浃背。

我们总是一言不发，看着下方远处的铁路，或是对岸的河面，那一小片牛奶咖啡色的河面。

初步巡视过王国以后，我们就会从斜坡上下来，钻进紧靠我们家围墙的那片沉郁幽深的柳树树荫，白色大门就在那面墙上。那里是王国的都城，荒野之城，我们游戏的重地。最先开始这游戏的是莱蒂西亚，她是我们三人中最受优待、最享福的。莱蒂西亚不用擦盘子，也不用理床铺，她可以整天读读书、贴贴小人画儿玩，到了晚上，只要她张口要求，她就可以很晚都不睡觉，更别说她能一个人睡一间房，有骨头汤喝，还有其他各种好处了。渐渐地，她开始利用这些特权，从去年夏天开始，她就领头玩游戏了，我认为，实际上是她在领导着那个王国；至少，总是她首先发表意见，奥兰达和我则毫无怨言、简直是欢天喜地地接受一切。也许是妈妈告诫我们该怎样对待莱蒂西亚的长篇大论起了作用，或许单纯是因为我们很爱她，不介意她来当头头。可惜，她看起来并不像个头头，她是我们三个人里最矮的，又那么瘦。奥兰达已经算是挺瘦的了，我的体重也从没超过五十公斤，但是，莱蒂西亚还是三人里最瘦的，更糟糕的是，她的瘦削十分明显，从脖子上、耳朵上就能看出来。也许是她那僵直的背脊让她显得更加瘦削，再加上她几乎不能朝两边转头，她看起来就像一块立着的熨衣板，就像罗萨家姑娘们家里包着白布的那种。一块头宽脚窄、靠墙立着的熨衣板，而她还是我们的头儿。

而我最最喜欢的就是想象妈妈或露丝姨妈有一天会发现这个游戏。她们如果知道有这么个游戏，一定会闹翻天的。她们会尖叫，会气昏，会没完没了地抱怨说她们的万般付出与牺牲都打了水漂，会再三地说要动用最吓人的手段来惩罚我们，最后还会对我们的未来做一番可怖的预测，说我们迟早会被扔到街上去的。这最后一条总让我们有些不知所措，因为，我们觉得沦落街头再正常不过了。

首先，莱蒂西亚会让我们抓阄。我们会用手藏石子儿、数到二十一或随便什么法子来抓阄。如果用的是数到二十一的法子，我们就会假装还有两到三个女孩，把她们也数进去，避免作弊。如果她们中的哪一个正好轮到二十一，我们就把她淘汰掉，再从头数过，直至轮到我们三个中的一个为止。然后，奥兰达和我就会搬起石头，打开饰物箱。假设是奥兰达赢了，就会由莱蒂西亚和我挑选饰物。这游戏有两种玩法：扮雕像和摆姿态。摆姿态不用穿戴饰物，但是需要很强的表现力。要表现嫉妒，就得龇牙、握拳，努力摆出个嫉妒得不行的样子；要表现慈悲，最理想的便是天使面孔，两眼望天，双手则将什么东西——一块破布、一个球或一根柳枝——赠给一个看不见的可怜小孤儿。羞耻和恐惧很好演，怨恨和醋意则需要多费点心思。所有的饰物几乎都是用来扮雕像的，这种玩法可以完全自由发挥。要扮好一尊雕像，必须要想好服装的每一个细节。游戏规定，被选中的人不能参与服装的选择；要由另外两个人讨论好，然后选出衣服饰物。被选中的人要利用两人为她穿上的衣服来设计出自己扮演的雕像，游戏也因此变得更复杂、更激动人心，因为有时候另两个人会联合起来捣鬼，被整的人就得穿上完全不搭调的衣服饰物；这样一来，能不能扮得生动就取决于她能不能设计出一个好的雕像来了。一般来说，玩摆姿态时，被选中的人总能扮得很成功，而扮雕像则有时会难看得很。

我讲的这些事天知道是从什么时候开始的，但是，事情起了变化，是在第一张小纸条从火车上丢下来的那一天。扮雕像和摆姿态当然不是只给我们自己看的，不然，我们大概很快就会玩厌了。游戏规定，被选中的人必须站在斜坡脚下、柳树荫外，等待从蒂格雷开来的两点零八分的火车。到了巴勒莫这片高地上，火车都是飞快地驶过，因此，我们扮起雕像或摆起姿态来并不会不好意思。我们几乎看不清车窗里的人，但是，时间一长，我们有了经验，就知道有些乘客是很期待看见我们的。有一位头发灰白、戴玳瑁眼镜的先生会把头探出窗外，挥着手帕向扮雕像或摆姿态的人致意。从学校回来的男孩们坐在车厢踏板上，在经过时大喊大叫，但是，也有些人只是很严肃地看着我们。实际上，扮雕像或摆姿态的人什么也看不见，因为她得努力地一动不动，可站在柳树下的另外两个人则会详尽透彻地分析她是大获成功还是无人关注。在某个星期二，当第二节车厢经过时，那张小纸条掉了下来。它落在离那天扮演诽谤的奥兰达很近的地方，然后弹到了我身边。那是一张折了好几折、用一个螺丝帽圈住的小纸条。是个男孩的字迹，挺难看的，上面写着："雕像都很美。我坐在第二节车厢的第三扇窗户边。阿里埃尔·B."我们觉得这留言有点无聊，亏他还这么麻烦地套上螺丝帽扔出来，但是我们照样很喜欢。我们抓阄决定谁可以收着这纸条，我赢了。第二天，我们谁都不想玩，只想看看阿里埃尔·B.长什么样，但是，我们又怕他误会了我们不玩的原因，于是我们抓了阄，莱蒂西亚赢了。我和奥兰达都很高兴，因为莱蒂西亚很会扮雕像，可怜的小东西。当她一动不动时，麻痹症也看不出来了，她可以摆出无比高雅的姿态。摆姿态时，她总是选择慷慨、仁慈、牺牲和舍弃。扮雕像时，她总是追求客厅里那尊被露丝姨妈称为“尼罗的维纳斯”[①] 雕像的风格。因此，我们为她选了些特别的衣饰，想给阿里埃尔留下好印象。我们给她披上一袭绿色天鹅绒当作长袍，在她的头发上放了一顶柳枝花冠。由于我们都穿着短袖，希腊式风格的效果很明显。莱蒂西亚在树荫下练习了一会儿，我们讲好我们俩也会探出身子，跟阿里埃尔矜持但很友好地打个招呼。

莱蒂西亚看上去美极了，火车过来时，她连手指头都没动一下。由于不能转头，她便把头向后仰，把胳膊贴紧身体，就好像她本就没有胳膊似的——除开绿色的长袍，看着就跟“尼罗的维纳斯”一模一样。在第三扇窗户边，我们看见了一个金色卷发、浅色眼睛的男孩，他一看见奥兰达和我在向他打招呼就露出了一个大大的笑容。火车瞬间便把他带走了，但是，直到下午四点半，我们仍在讨论他是不是穿着深色衣服，他是不是打着红领带，他是讨厌还是可爱。星期四，我扮演沮丧，我们又收到了一张小纸条，上面写着：“三个我都

---

①《米罗的维纳斯》之误称。

很喜欢。阿里埃尔。”现在，他常常将头和一只胳膊伸出窗外，笑着跟我们打招呼。我们估计他大约十八岁（我们肯定，他不会超过十六岁），并且都认为他是每天从一间英国学校回家。这其中最最肯定的就是英国学校这一条，我们可不是什么阿猫阿狗都接受的。看得出来，阿里埃尔出身很好。

接着，奥兰达运气好得不像话，连赢了三天。她发挥超常，摆了醒悟和欺骗两个姿态，还扮了一个很难很难的舞者雕像，从火车进入弯道时起就一直单脚站着。第二天我赢了，然后又是我。当我正摆着恐怖这个姿态时，阿里埃尔的一张小纸条几乎丢到了我鼻子上。我们一开始都没看懂：“最懒的最美。”莱蒂西亚是最后一个明白过来的，我们看着她脸红起来，然后走到了一边。奥兰达和我面面相觑，有一点恼火。我们第一反应是想破口大骂阿里埃尔真是个笨蛋，但是，我们不能对莱蒂西亚这么说，可怜的天使，她那么敏感，又受着那么大的罪。她什么也没说，但是她似乎明白那张纸条是归她的，便把它收了起来。那天我们一声不响地回到了家，晚上也没有一起玩。吃晚饭时，莱蒂西亚很高兴，眼睛闪着亮亮的光。妈妈看了露丝姨妈一两次，好像是要她确证自己的欢喜并非一场空。那段时间，她们在对莱蒂西亚试用一种新的强化疗法，看起来，这效果真是好得出奇。

睡觉前，奥兰达和我谈了谈这件事。阿里埃尔的小纸条并没有让我们难过，从一辆飞驰的火车上只能看到事物的表面。我们只是觉得莱蒂西亚对我们太得寸进尺了。她知道我们不会对她说什么，她知道在一个家庭里若有一个人身体有缺陷却又自尊心过强，那么所有人都会假装注意不到那人的情况，病人自己尤其如此，或者说，大家都会假装不知道彼此知道。但是，也不该太过分，而莱蒂西亚吃饭时的表现和她收起小纸条的样子就太过分了。那天晚上，我又做起了那些关于火车的噩梦，在梦里，我在清晨走过庞大宽阔的车辆段，那里，轨道纵横交错，我看着从远方驶来的火车头上的红色灯光，焦急地估计着火车是不是会从我的左边经过，同时又很担心也许会有一辆快车从我背后驶来，或者——更加糟糕——会有一列火车突然驶上岔道，直朝我冲来。但是，到了早上，我就忘记了这一切，因为莱蒂西亚起床后疼痛发作，我们得帮她穿上衣服。我们觉得她是有点后悔昨天的事情了，于是我们对她很好，告诉她说她会这样是因为走了太多路，也许她最好还是留在房间里看看书。她没说什么，但是她出来跟我们一起吃了午饭。妈妈问长问短，她回答说她已经好了，她的背几乎已经不疼了。她话是对着妈妈说的，眼睛却看着我们。

那天下午是我赢了，但是，在那一刻，不知怎么的，我对莱蒂西亚说我想把位子让给她，当然，我没告诉她为什么。既然那人比较喜欢她，就让他看她看到厌吧。该玩的是扮雕像游戏，所以我们给她选了一些简单的东西，让她不用太费事。她扮得像一个中国公主，带着点羞涩，看着地面，双手合十，就像中国公主们常做的那样。当火车经过时，奥兰达在柳树荫下背过身去，我却还是看了看，只见阿里埃尔目不转睛地看着莱蒂西亚。他一直看着她，直到火车拐过弯去，消失在视线之中。莱蒂西亚一直没动，她不知道他刚刚在那样看着她。但是，当她来到柳树下休息时，我们发现她其实是知道的，而且她其实挺想整个下午，甚至是整个晚上，都穿着那套衣饰。

星期三，只有我和奥兰达抽签，因为莱蒂西亚对我们说她应该歇一轮才算公平。奥兰达赢了，因为她就是该死的走运，但是阿里埃尔的信落到了我这一边。当我把信捡起来时，我突然有股冲动，想把它递给一言不发的莱蒂西亚，但是我想，也不该事事都顺她的意，所以，我慢慢把信打开了。阿里埃尔宣布，第二天他会在邻站下车，沿着路堤过来聊一会儿天。字句都写得糟糕至极，但是最后一句话优美动听："谨向三尊雕像致意。"签名虽然个性鲜明，却像是鬼画符。

我们为奥兰达脱下衣饰时，莱蒂西亚看了我一两眼。我已经给她们读过信了，谁也没说什么，这其实挺令人心烦的，毕竟，阿里埃尔是一定会来的，我们得商量商量这个新情况，做个决定。如果家里人知道了，或者罗萨家的哪个姑娘不巧正在窥视我们，以那群小矮子的嫉妒心，她们肯定会闹翻天的。而且，发生了这么一件事，我们却提都不提，在收拾衣服饰物、穿过白色大门回家时，我们也没看过彼此一眼，这实在是万分奇怪。

露丝姨妈叫我和奥兰达给何塞洗个澡，自己带着莱蒂西亚去做治疗。于是，我们俩终于可以说说心里话了。我们觉得阿里埃尔能来真是很棒，我们从来没有过一个这样的朋友，表兄弟蒂托我们没算上，他只是一个收集小人偶、相信初领圣餐礼的呆瓜。我们又期待，又万分紧张，何塞就遭了殃，可怜的宝贝儿。奥兰达比我勇敢，提起了有关莱蒂西亚的话题。我不知道该怎么想，一方面，我觉得，如果阿里埃尔发现了那真是太可怕了，但是，事情也确实应该搞清楚，因为没有人应该因为他人而受到伤害。我只希望莱蒂西亚不要伤心难过，她已经够受的了，而且现在她还在接受新的疗法，一大堆糟心事。

那天晚上，妈妈见我们都一言不发，很是惊讶，她说真是稀奇，还问我们的舌头是不是被老鼠给吃了。然后，她看了看露丝姨妈，她们俩肯定以为我们是干了什么坏事，心里正内疚。莱蒂西亚吃得很少，她说她还是很疼，让她们允许她回房去看罗康波尔。奥兰达虽然心里不太情愿，但还是伸手扶住了她，我则开始做起针线，我一紧张就会这样。我两次想过要去莱蒂西亚的房间，我想不出那两个女孩单独待在那里会做些什么，但是，奥兰达一脸凝重地回来了，她坐在我旁边，一句话都不说，直到妈妈和露丝姨妈收拾起桌子，她才开口："她明天不会去的。她写了封信，说如果他一直问的话，就把信交给他。"她拉了拉衬衣的口袋，我看见了一个紫色的信封。接着，我们便被叫去擦盘子，那天晚上，我们几乎立刻就睡着了，因为白天情绪激动，也因为给何塞洗澡太累人了。

第二天，轮到我去市场买东西，因此，整个上午我都没看见莱蒂西亚，她一直待在她的房间里。吃午饭之前，我去她房间待了一会儿，发现她在窗户边，靠着一堆枕头，拿着罗康波尔的第九卷。看得出来，她很不舒服，但是她笑了，对我说起一只找不到出口的蜜蜂和她做的一个很滑稽的梦。我对她说，她不能来柳树林真是太遗憾了，但是，要把这句话好好说出口简直太难了。“如果你愿意，我们可以跟阿里埃尔解释说你不舒服。”我这样提议，她却说不要，然后就不再说话了。我又劝她一起来，最后，我鼓起勇气，叫她不要害怕，跟她说真正的爱是不惧阻碍的，还说了一些我们在《青年宝库》[①] 里学到的其他箴言警句。但是，我的话越说越艰难，因为她一直看着窗户，好像快要哭了。最后，我说了句妈妈找我呢，便走了。午餐吃得好漫长，奥兰达还因为把辣番茄酱溅到了桌布上而挨了露丝姨妈一记耳光。我都不记得我们是怎么把盘子擦干的，只记得我们俩突然就已经来到了柳树林里，彼此拥抱着，满心喜悦，一点也没有嫉妒对方。奥兰达跟我说了，为了给阿里埃尔留个好印象，我们应该怎么谈我们的学业，因为中学生都很鄙视只念过小学、只会缝

①指最初由英国作家、教育家亚瑟·米伊出版的《儿童百科全书》，后由美国出版商瓦尔特·杰克逊译成西班牙语，名为《青年宝库·知识丛书》，其后亦有过许多扩充和增补的版本。

纫和手工的女孩儿。当两点零八分的火车开过时，阿里埃尔激动地伸出双手，而我们则挥动着自己的印花手帕，向他表示欢迎。大概二十分钟以后，我们看见他沿着路堤过来了，他比我们原先想的个头更高，通身灰色衣裳。

我不怎么记得我们一开始说了些什么，虽然他人都来了，还丢过纸条，但他还是挺害羞的，而且，他说话很有深度。他几乎是立刻就把我们扮的雕像和摆的姿态大加赞扬了一番，他问我们叫什么，还问起为什么还有一个女孩不在。奥兰达说莱蒂西亚来不了了，他说真遗憾，还说他觉得莱蒂西亚这名字很美。然后，他跟我们谈起工业学院的事情，很遗憾，那不是一所英国学校，他还问我们能不能把衣服饰物拿给他看看。奥兰达把石头搬起来，我们把东西拿给他看了。他似乎很感兴趣，有好几次，他拿起某件衣饰，说“有一天莱蒂西亚穿过这个”或者“这个是扮那个东方雕像的”，他指的就是中国公主。我们坐在柳树荫下，他很高兴，但有点心不在焉，看得出来，他留下来纯粹是出于礼貌。当谈话冷下来，奥兰达看了我几眼，这让我们俩都感到很不自在，让我们很想逃开，让我们希望阿里埃尔压根儿就没来过。他又一次问莱蒂西亚是不是生病了，奥兰达看看我，我以为她就要告诉他了，但是她却回答说莱蒂西亚来不了了。阿里埃尔用一根小树枝在地上画着几何图形，时不时地看看白色大门，我们知道他在想什么，因此，奥兰达适时地拿出那个紫色的信封，递给了他。他手上拿着信封，很是惊讶，然后，当我们解释说这是莱蒂西亚给他的信时，他脸红了起来，他不愿意当着我们的面读信，便把信收在了短外套的内口袋里。他几乎是马上就说道这次见面很开心，他很高兴能来，但是他的手软绵绵的，叫人讨厌，所以会面结束了也好，虽然在那之后，我们一直就只想着他的灰色眼眸和他微笑时的那种悲伤神态。我们也记得他道别时说的“再会”，我们在家里从来没听人这么说过，听起来很神圣、很诗意。我们把一切都告诉了一直在院子里的柠檬树下等着我们的莱蒂西亚，我本想问问她信里都写了些什么，但是既然她在把信交给奥兰达以前就将信封封了口，我不知怎么也就什么都没说，我们只跟她说了说阿里埃尔是什么样子的，还有他问起了她多少次。这可是很难说出口的，因为这是件既美好又感伤的事情。我们看出来莱蒂西亚很开心，但是同时，她又几乎快要哭泣，最后，我们说了句露丝姨妈找我们呢，就走了，留下她独自看着柠檬树上的黄蜂。

那天晚上我们要睡觉的时候，奥兰达对我说："你看着，从明天开始，游戏就结束了。"她虽没全说中，但也差不离了。第二天，莱蒂西亚在吃饭后点心的时候向我们打了暗号。我们去洗碗碟的时候非常吃惊，还有点恼火，因为莱蒂西亚这么做真是不害臊，这可不好。她在大门口等着我们，一到柳树林，她就从口袋里掏出了妈妈的珍珠项链和家里所有的戒指，连露丝姨妈那枚大大的红宝石戒指都带着，我们见了都快要吓死了。如果罗萨家的姑娘们在偷看的话，她们就会看见我们拿着这些首饰，妈妈肯定马上就会知道，她会杀了我们的，恶心的小矮子们。但是，莱蒂西亚并不害怕，她说如果有什么事她会负全责。"我希望你们今天能让我来。"她又说道，但是并没有看我们。我们立刻把衣饰拿出来，突然之间，我们都想对莱蒂西亚很好很好，满足她所有的愿望，虽然我们心里还有一点点疙瘩。游戏规定该玩扮雕像了，我们为她选了和珠宝首饰很相配的漂亮衣物，把很多孔雀羽毛簪在她的头发上，又挑了一块远看像是银狐皮的皮料，还有一块玫瑰色的面纱，她把它当作头巾缠好。我们看见她沉思着，一动不动地排演着雕像的造型。当火车在拐弯处出现时，她站到斜坡脚下，戴着所有的首饰，它们在太阳的照射下熠熠生辉。她举起胳膊，好像她不是要扮雕像而是要摆姿态似的，她双手指天，头往后仰（这是她唯一能做的动作，小可怜），身子弯得那么厉害，叫我们直害怕。我们觉得她美极了，这是她扮过的最华丽的雕像了。然后，我们看见阿里埃尔在看着她，他将身子探出窗外，只看着她一个人，他转过头，看着她，对我们视而不见，直到列车带着他倏地驶远。不知道为什么，我们俩都同时跑过去扶住了莱蒂西亚，她双眼紧闭，脸上满是大颗的泪珠。她静静地推开我们，但我们还是帮她把珠宝首饰藏进了口袋里。她独自回了家，而我们则最后一次把衣服饰物收进她的箱子里。我们几乎可以想见接下来会发生什么事，但是，第二天，我们两个人还是照样去了柳树林，因为露丝姨妈叫我们保持绝对安静，不要吵到莱蒂西亚，她疼得厉害，只想睡觉。当列车驶来时，我们毫不意外地看见第三扇车窗里空无一人，我们半是宽心半是愤怒地微笑着，想象着阿里埃尔坐在车厢的另一侧，在他的座位上一动不动，灰色的眼眸望着河水。

图书在版编目（CIP）数据

游戏的终结 /（阿根廷）胡里奥·科塔萨尔著；莫娅妮译. -- 海口：南海出版公司，2020.5
ISBN 978-7-5442-8070-9

Ⅰ. ①游… Ⅱ. ①胡… ②莫… Ⅲ. ①短篇小说－小说集－阿根廷－现代 Ⅳ. ①I783.45

中国版本图书馆 CIP 数据核字（2019）第 164883 号

著作权合同登记号 图字：30－2014－132

游戏的终结
〔阿根廷〕胡里奥·科塔萨尔 著
莫娅妮 译

出　　版　南海出版公司　（0898）66568511
　　　　　海口市海秀中路 51 号星华大厦五楼　邮编 570206
发　　行　新经典发行有限公司
　　　　　电话（010）68423599　邮箱 editor@readinglife.com
经　　销　新华书店

责任编辑　黄宁群　郑小希
特邀编辑　刘丛琪　杨初
营销编辑　柳艳娇　王蓓蓓　梁　颖
装帧设计　李照祥
内文制作　王春雪

印　　刷　北京中科印刷有限公司
开　　本　850 毫米 ×1168 毫米　1/32
印　　张　7
字　　数　105 千
版　　次　2020 年 5 月第 1 版
印　　次　2020 年 5 月第 1 次印刷
书　　号　ISBN 978-7-5442-8070-9
定　　价　45.00 元